母乳まみれ 濃厚ミルクハーレム

阿里佐 薫

目次

contents

第1章　超S級美人ママの母乳……7
第2章　ムチムチ熟女の母乳……61
第3章　ミルクまみれの巨乳……113
第4章　ギャルママの母乳……165
第5章　ママたちのミルクハーレム……215

母乳まみれ

濃厚ミルクハーレム

第一章　超S級美人ママの母乳

1

「せんせい、さようならぁ」

幼子たちの可愛い声が、保育園の玄関に響きわたる。

「気をつけて帰ってねえ」

浅倉祐一が笑顔で手を振ると、幼い子どもたちは楽しそうに手を振ってから、ママたちに手を引かれて帰っていく。

（やっぱ可愛いなあ、子どもって）

祐一は二十三歳の新米保育士だ。

大学時に保育士の資格を取り、この春から地元の私立保育園で働きはじめた。

なぜ保育士なのかというと、年の離れた弟の面倒を子どもの頃から見るうちに、将来は子どもたちとかかわる仕事がしたいなあと思っていたのである。

(さあて、今日はあと何人だ?)

子どものお迎えのための待機部屋に行くと、残っている子どもは三人で、迎えにきたママたちそっちのけで遊んでいる。

ママたちは、いつものように井戸端会議だ。

(あれ? 珍しいな、里帆さんがいる)

ドキッとした。

嘉手納里帆は、銀色っぽいアッシュグレーのショートヘアに、小麦色の肌で、祐一と同い年の二十三歳。

一見すると、高校生ギャルのような童顔だ。

それでなぜドキドキするかといえば、それはもう可愛いからである。

(うわあ……今日もメイクばっちりで、可愛いんだよなあ)

大きな目がくりっとして、バンビみたいだ。

ひかえめな鼻筋や、ちょっと厚い唇も相まって、けっこう目立つアイドルのような美貌である。

　しかもだ。

可愛らしいだけでなく、スタイルがバツグンでエロいのだ。

薄いTシャツに太ももがばっちりと見える短いホットパンツというのがまた、ギャルに似合っていていい。

「でねえ、こうやって大きくそるだけでもいいの。十秒を五セットくらいやるだけで、おなかに効くからあ」

　エステティシャンの里帆は、ほかのママたちに美容や健康法を教えている。

　今日もどうやらストレッチをしているようだ……と思っていたら、里帆は腕を後頭部に持っていき、座ったまま大きく身体をそらした。

（おおっ）

　Tシャツの胸元がぐっと強調され、祐一は思わず目を見開く。

　悩ましいまるみが強調されて、しかもTシャツの生地が薄いから、ピンクのブラジャーが透けて見えたのだ。

（全体としては細いけど、おっぱいだけ大きい……）

　見ていると、今度は里帆のところに来た二歳の息子の拓也（たくや）が、おっぱいを欲しくなったのか、里帆のTシャツを小さい手でまくりあげた。

「キャッ！」

里帆が慌てて、Tシャツの裾を手で押さえるも遅かった。

(見えちゃったよ。里帆さんのピンクのブラジャー。カップがめっちゃデカいっ)

いけないと思うのに、身体が熱くなり、股間を充足する。

「祐一ぃ、なあにエロい目してるのよっ。スケべっ」

里帆が気づいて、イタズラっぽく笑う。

ふたりのママも振り返って、クスクス笑った。

半年も経つとすっかり慣れたもので、里帆は祐一をまるで友達のように、普通に接してくるようになっていた。

「し、してませんよ」

慌てて首を振るも、里帆のぱっちり目でじっと見られると、思わず照れる。

「ほーら、目ぇ、そらした」

「そらしてませんって」

口をとがらせて反論するも、顔が熱くなっているのを感じる。

「ウフフ。里帆さんって、おっぱい大きいもんねえ。経験のない祐一くんには、目の毒すぎるわよねえ」

横にいたママがとんでもないことを言い出した。

以前、酔ったときにうっかり「童貞だ」とバラしていたのが藪蛇だった。

「へえ……祐一って、エッチしたことないんだあ」

案の定、里帆が食いついてきた。

「ちょっと、あの……子どもたちの前でそういう話は」

話をそらそうとしても、三人のママは食いついて放れない。

「あーら、大事なことよ。いつも子どもたちを預かってもらっている先生には、健全でいてもらいたいもん。ねえ、里帆ちゃんみたいな、しっかりした若いママならいいんじゃないの？　シングルだし」

「そうねえ」

可愛いギャルママは隣に来ると、いきなりギュッとしてきたので祐一は焦った。

「なっ！」

「ウフフ。うれしい？」

くりっとした目で上目遣いに見つめられる。

（ぬわわわ、里帆さんのおっぱいいっ、う、腕に当たってるっ）

ふにゃっとしたマシュマロのような柔らかさだった。

思わず腕を動かすと、里帆がピクッとした。

「あんっ、スケベっ。おっぱい肘でついてきたでしょう。あん、もう……母乳が出てきちゃうじゃないの」

「わ、わざとじゃないです。ちょっと……やめてください」

と言いつつも、どうしても押しつけられたバストを意識してしまう。

「うれしそうねえ。ホントは里帆ちゃんで練習したいんじゃない？　祐一せーんせ」

別のママがきわどいことを言うと、里帆がノリノリになった。

「そうねえ、祐一が悪い女に引っかからないように、経験させとくのも悪くないか」

里帆が手を伸ばして股間をさすってきた。

「ちょっ！」

悪ノリがすぎると腰を引くも、里帆の手は離れない。

「やーん、ガチガチじゃん。言ってみなよ、ヌイてほしいって。それともおっぱい吸いたい？　母乳が出ちゃうけど」

里帆が迫ってくる。

ピンクの唇が濡れていて、エロティックだ。超ミニのデニムスカートから、ちらりとヒョウ柄のパンティが見えていて、ドキドキする。

「いいなあ。私も祐一くんに母乳吸ってもらいたいわあ」

「私も。おっぱい張って困るのよねえ」

ふたりのママもとめる気配なんかいっこうになくて、逆に迫ってくる勢いだ。

これ以上はまずい。

なぜなら、もう股間はビンビンなのだ。

「ちょっ、ちょっ……待ってくださいっ。あ、あっ、そうだ。誰か残ってないか、園内の見まわりをしないと」

慌てて祐一は里帆を振りきり、部屋を出る。

背後で「あはは」と大笑いされているのが聞こえてきた。

(くっそお、僕でストレス解消してるな)

とはいえ……ちょっと気持ちよかったので、身体が火照っていた。

ジーンズ越しとはいえ、里帆に股間をさわさわと撫でられた衝撃はすごかった。

(布越しでこれか……もし直にチ×チン触られたら……)

五秒もたずにイッてしまいそうな気がする。

そんなことを考えていると、なかなか勃起が鎮まらなくなってきた。

勃起の位置を直そうと、二階の使ってないレクリエーション教室に行き、引き戸を開けようとしたときだ。ドアのガラスから中を覗くと部屋に誰かがいた。

（あれ……誰だ？）

横顔が見えた。

里帆のときと同じように、ドキッとした。

（真衣さん、ひとりで何をしてるんだろ）

気になって、ガラス窓からそっと覗きこんだ。

御伽真衣、二十七歳。こちらも里帆に負けず劣らずの美人ママだ。

緩くウエーブの入った栗色のセミロングヘア。

ブラウス越しにもわかるほっそりした腰つきと、タイトなスカート生地をピチピチに貼りつけるほどの悩ましく大きなヒップ。

そして……ちらりと見えた横顔はとにかく麗しい。

形のよいアーモンドアイは、なんとも目力が強く、ひかえめな鼻筋に薄い唇と相まって整った顔立ちだ。

里帆が可愛い系なら、真衣はキレイ系だ。こちらも女優ばりである。

（キレイだよなあ、真衣さんって……あっ）

祐一は息を呑んだ。

彼女の肩越しに、子どもに授乳しているのが見えたのだ。

白いブラウスの前を開き、薄いベージュのブラジャーのカップを下ろして、自分の子どもに乳首を吸わせている。

（真衣さんの、ナ、ナマおっ、おっぱい……で、デカっ！）

信じられない大きさだった。

子どもが乳房に押しつぶされそうな、そんな巨大さだ。

着衣のときから「大きいな」と、ひそかに盗み見していた真衣の巨乳っぷりは、こうしてナマ乳房を見たことで確信した。

おそらくFカップ、いや下手するとGカップはありそうだ。

里帆よりも大きいというのは、そうとうだと思う。

そのときだ。

「あんッ」

ここまでそんな甘い声が聞こえ、真衣の口が大きく開き、細い顎がクンッと持ちあがった。

（えっ？　な、何、今の……）

祐一は身体を熱くした。

今の真衣のリアクションは、ＡＶ女優がエッチの最中に感じたときの顔そのもので、やたらエッチだった。

真衣はウフフと笑い、手に抱いたわが子に微笑みかけている。

「やだ、早苗ちゃん……噛んじゃだめよ」

真衣はそう言いながら、腕に抱いたわが子に微笑みかけている。

(娘に乳首を噛まれて、か、感じたんだ、真衣さん……)

胸が高鳴り、股間のモノが一気にまた持ちあがった。

真衣はおっぱいを飲ませながら唇を噛みしめつつも、ときどき、

「あっ……あっ……」

と、うわずった声を漏らしている。

(母乳を吸われるのが気持ちいいんだ……)

真衣は眉根を曇らせて、色白の頬をピンクに紅潮させている。

エロい、エロすぎるっ。

「ああ……真衣さんっ……」

ガラス窓を覗きながら、祐一はどうしようもなく昂る。

（まずいっ）

慌てて自分の股間に手を持っていき、ギュッと強く握った。危うくパンツの中に射精してしまうところだった。

（あ、あぶな……）

そのときだった。

ふいに真衣がこちらを向いて「あっ」という顔をした。

目が合ってしまった。

（や、やばっ……）

逃げたらまずい。

祐一は思いきって引き戸を開けた。

真衣は後ろを向いてブラを直し、ブラウスのボタンを片手で嵌めている。ボタンを嵌めやすい服らしい。

「す、すみませんっ。誰かいるなと思って」

とにかく言い訳する。

当然ながらそんな言い訳なんかなんの意味もなく、真衣の顔は強張っていた。

「いえ、いいんです。私が勝手に入ってしまったから」

そう言うものの、睨(にら)んでいる目は明らかに「覗いていたでしょ」という表情だ。

真衣は頭を軽く下げて、すたすたと部屋を出ていくのだが――。

(さ、最悪だぁ……ん?)

通りすぎるとき、意味ありげな笑みを浮かべたように見えたけど……きっと気のせいなのだろう。

2

その日の夜。

言われるままに、祐一は居酒屋の前まで来てしまった。

「やっぱ帰っていい?」

祐一が暗い顔で言うと、友人たちは、

「アホか、ここまで来て」

と、祐一の手をひっぱって居酒屋の中に入っていく。

大学時代の数少ない友人から、

「人数が足りないから、合コンに来てくれ」

と言われて、最初は断ったものの、やはり人数は四対四がいいからと家まで押しかけられて、引っぱり出されてしまったのだ。

もちろん、女の子は好きだ。

合コンだって憧れる。

だけど、初対面の子の前でもじもじして何もしゃべらなければ、不気味がられるのはわかっている。奥手の童貞に合コンはハードルが高すぎる。

それに加えてだ。

真衣に授乳シーンの覗きがバレたショックが、尾を引いていた。

気が重いままに個室の中に入る。

座敷にいる女の子たちを見た。

(うわっ、みんな派手だなあ)

女子大生に独身OLらしいが……みんな着飾ってキラキラしている。

ちらちらと見ると、そこそこ可愛いと思うのだが、毎日、真衣や里帆を見慣れているとがっかりしてしまう。

(アホか。あっちは人妻でママたちだぞ)

祐一は、いちばん奥の席に座った。

ちらりと前を見た。前の席の女の子が微妙な顔をする。

(あれ？　なんだ。すげえ美人がいる……って……はっ？　ちょっと待て……えええええ！)

思わず目を剝いた。

というのも、目の前にいたのが、先ほど授乳シーンを盗み見てしまった真衣だったからだ。

彼女も驚いている。だがすぐに自分の唇に人さし指を立てて、それから両手を合わせて拝むような仕草をした。

(その仕草は、正体を黙ってろってこと？　なんで合コンにいるの？　人妻で、しかもママなのに)

飲み物の注文を取ってから、ひとりひとりが自己紹介することになった。

祐一はどもりながらも、なんとか挨拶する。

そして、真衣の番。

「真衣でーす。新人ＯＬですっ」

ぶっ、と、ビールを吹いた。

斜め前にいた女の子が「大丈夫？」と、テーブルを拭いてくれた。

「あ、す、すみません……」

謝りながら、また真衣を見た。悪びれもせず、涼しい顔だ。

（し、新人ＯＬって……）

祐一は訝(いぶか)しんだ顔をしているが、ほかの三人が真衣に狙いをつけたのがはっきりとわかった。

獲物を狙う目になったのだ。

（まあ、そうだよな。真衣さん、めっちゃ美人だもんな）

ほかの女の子より、しどけない色気がムンムンと漂っていて、男としてはたまらないのだ。

（ばっちりとメイクすると、真衣さんってここまで美人なのか）

いつもはナチュラルメイクだけど、それでも十分に可愛らしい。

ところが、今は……。

優しそうで品のあるまなざし。つやつやで瑞々(みずみず)しい唇。

胸元にフリルのついた白ブラウスに、ベージュのフレアミニスカートは、清楚(せいそ)なお嬢様の雰囲気だけど、突きあげる胸の大きさが半端ではなくて、男たちの視線をとらえて放さない。

真衣は適当な話を並べてから、祐一を見た。

「はじめまして。祐一さんでしたっけ。よろしくね」

わざとらしく言いながら、乾杯のグラスを合わせる。

（しかし、ホントになんで合コンに？　いつもこんなことしてるのかな）

清純そうだと思っていたから、ちょっとショックだった。

トイレに立った祐一は、ぼうっと真衣のことを考えてから、トイレを出た。

そのときだ。

真衣がいて、ドキッとした。

「祐一くん、ちょっと」

手招きされた。

ふわっと甘い匂いがする。彼女は奥のほうに進むと、空いている個室に勝手に入って格子戸を閉めてしまう。

「びっくりしたわ、まさか、祐一くんがいるなんて」

真衣がため息をついた。

「そ、それはこっちの台詞（せりふ）ですよ。まさか、真衣さんが女子大生に交ざって合コンしてるなんて……心臓が飛び出るかと思いました」

「どう。新人ＯＬに見える？」

　くるりとまわると、ふわっとスカートが持ちあがり、ストッキング越しの太ももがきわどいところまで覗けた。

（真衣さんって、こんなに天真爛漫だったっけ？）

　いつもはもっと落ち着いているママという感じだが、今はちょっとテンションが高い。動悸を激しくさせながら、祐一は訊いた。

「でも、どうしてウソをついて合コンなんかに」

　真衣は少し哀しげな顔をした。

「幻滅した？」

「い、いえ」

　彼女はちょっと考えてから、口を開いた。

「私にも、いろいろあるのよ。いけないことだとは思ってるけどね……ねえ、女の子たちの中でひとり、背の高い子がいたでしょ？　あれ、私の従妹なのよ。私の正体を知ってるのは、あの子だけ」

「は、はあ」

　祐一が言うと、真衣は真剣な表情になった。

「浮気してるの、ウチの人」

「え？」

「……でも、離婚はしないわ。早苗がいるし……でも、口惜しいじゃない？　だから私もハメをはずそうって……でも、いつもやってるって思わないで。初めてなのよ、結婚してから合コンに出るなんて。ねえ、お願い。黙ってて、私のこと。保育園でも言わないでね」

ウインクされた。ドキリとした。

「い、いや、それは……」

もちろん、言うつもりはない。

ただびっくりして、言葉が出なかっただけだ。

ところがだ。

どもったことが真衣を勘違いさせたようで、一気に顔を曇らせた。

「……イジワルね。わかったわ。ただでとは言わないから」

「え？」

どうやら、祐一が駆け引きしていると思ったようだ。

「いや、あの、別にイジワルなん……て……」

息がとまった。

というのも、真衣が恥ずかしそうにしながら、いきなりブラウスのボタンをはずしはじめたのだ。

（は？　なんで……えっ……）

ふたつほどはずすと、深い胸の谷間が見えた。

アイボリーの高級そうなブラジャーも、ちらりと見えた。

カアッと身体が熱くなる。

「ウフフ……私の身体に興味あるんでしょう？　今日、覗いてたわよね」

ストレートに言われて、身体が熱くなる。

「いや、それは……」

困っている祐一の前で、美人ママはブラウスのボタンを四つもはずしてしまった。

巨大なブラカップに包まれたふくよかなふくらみが露（あらわ）になり、祐一は慌てて目をそらす。

「ウフッ。慣れていないのね、女性の身体に……」

手を取られて、胸元に導かれる。

ブラカップに指先が触れただけで、全身に電気が走った。

「可愛いわね。女性はまだってほかのママに聞いたことあったんだけど、ホントみたいね」

くらっとした。

(真衣さんにも童貞だって知られてたのか……ママたち、口が軽すぎるよ)

彼女がすっと寄ってきて、上目遣いに見あげてくる。

息がつまる。

アーモンドアイが細められて、イタズラっぽく微笑まれた。

二十七歳の大人可愛いキュートさが胸に来る。

甘ったるい香水と、濃い女の体臭がムンムンとしていて、もうどうしたらいいかわからなくなる。

「揉(も)んでみて」

「え？　ええ！」

「いいから」

困ったものの、仕方なくブラ越しのバストを震える手で揉んだ。

「あっ……ウフ」

真衣が感じた声を漏らし、それを隠すように口角をあげた。

「どう、私のおっぱい。子どもを産んでから、ちょっと形は崩れちゃったけど」
これで、と思わず声をあげそうになる。
それほどまでに張りがあって、そのくせ、ふにょんと指が沈む心地よさだ。
「ど、どうって……す、すごく柔らかいです。おっぱいって、こんななんだ……」
つい口に出してしまい、ハッとした。
真衣はいっそう柔らかい笑顔になった。
そしてそのまま背伸びをして、顔を寄せてきた。
えっ、と思う間もなく、唇が押しつけられていた。
（は？　えっ？　今、唇と唇が、触れたぞ。確かに……）
ニコッとした真衣を見て、頭がパニックになる。
（真衣さんとキス……っていうか、大人の女性と初めてのキス……）
狼狽えた。
そんな祐一を尻目に、真衣はウフフと笑い、すっと耳に顔を寄せてくる。
「ねえ、お持ち帰りオーケーにしてあげる。それが黙っていてくれる交換条件」
耳元でささやかれて、祐一は呆然とする。
（お、お持ち帰り……真衣さんを？）

ただ立ちつくしていると、真衣はすっと身体を離してからブラウスのボタンを手早く嵌めて、バイバイと手を振って、出ていってしまうのだった。

3

冗談だと思っていた。

だが、真衣は本気だったようだ。

「思ったよりもキレイね、ラブホテルって」

真衣が楽しそうに言いながら、ベッドの端に座る。

(ま、真衣さんと、人妻とラブホテルなんて……い、いいのか……いいのか……)

合コンがお開きになり、男連中はみな真衣を熱心に二次会に誘ったのだが、真衣はその誘いには乗らなかった。

先に帰るフリをした祐一に連絡を取った真衣は、繁華街に出てから、

「私、ラブホテルに行ってみたかったの」

と言い出したから、祐一はとにかく必死で空いているホテルと部屋を探し、よくわからないままに部屋に真衣と入ったのだ。

「狭いけど、ベッドだけ大きいのねえ。ああ、あっちがバスルームか」

真衣は立ちあがり、ふらふらしながら奥の扉に向かっていく。

（大丈夫かな。けっこう酔ってるよな）

合コンのときにカクテルをおかわりしていたから、お酒には強いんだなあと思っていたのだが、先ほどからの様子を見るかぎりは、別に強くはないようだ。

それにしても、だ。

（こ、これがラブホテルの部屋か……）

噂（うわさ）には聞いていたが、実際に来てみると、イメージはまったく違った。

真衣が言うように清潔だった。

だけど、そういうホテルであるという先入観のせいなのか、妙にいかがわしく思えてしまう。

（ここに来たってことは、もうヤルしかないんだよな）

身体が熱い。

夢にまで見た童貞喪失が、まさか保育園の超S級の美人ママとなんて。

いけないことだとわかっているのに、ドキドキがとまらない。

祐一もベッドの端に座った。

ふかふかで、寝心地がよさそうだ。

（ここで真衣さんと……いや、ま、待てよ……まずは、シャワーか。うーむ。どっちから入るべきなんだろうか）

とにかく初めてなので、あらゆることに悩んでしまう。

落ち着け、落ち着けと言い聞かせているときに、真衣がバスルームから出てきて、祐一の隣に座った。

「すごいわよ、お風呂。暗くすると、ピカピカ光って、泡が出てきて」

ギュッとブラウス越しのおっぱいを押しつけられて、猛烈に興奮した。

真衣は清楚な白いブラウスに、フレアのミニスカートだ。

座っているから裾がズリあがっていて、ナチュラルカラーのストッキングに包まれたムチムチの太ももが、かなりきわどいところまで見えている。

（う、うわっ……パンティ、見えそう……）

と思った瞬間だった。

「ウフフ……」

さらに身体を押しつけられた。

魅惑のデルタゾーンがちらりと見えた。

「……っ」

ストッキングに包まれた、ブラと同色のラベンダー色のパンティ。

見てはいけないものを見てしまったと視線をあげる。

真衣と視線がからまった。

うるうると、瞳が濡れていた。

いつもはもっと可愛いらしい感じなのに、今は目元も頬も、そしてほっそりした首からくぼんだデコルテまでも、ほんのりと朱に染まって、なんとも色っぽい。

「ウフフ……パンティ、見えちゃった？」

まさか真衣の口から、そんなエッチな言葉が出てくるなんて。

慌てて目をそらす。

「い、いえ……」

「ウソ。いいのよ、見ても……黙っていてくれたお礼というか……」

迫られて、パニックになっていた。

ヤレる。

絶対にヤレる。

押し倒せ……でも早苗のママで、人妻なんだぞ。

頭の中で善悪がせめぎ合っていると、ふいに真衣の手がズボン越しの股間を撫でてきた。

「……うっ」

小さく呻いて、狼狽える。

真衣がクスッと笑った。

「祐一くん、けっこう可愛いのに……どうして女性がまだなんて……苦手なの？」

「それは……子どもの頃……」

その昔、小学生の頃に女の子にいじめられたのがトラウマだった。それを正直に話すと、真衣がなんとも慈愛に満ちた表情で覗きこんできた。

「そうなの……じゃあ、今も、私にこんなことされたらつらい？」

グイッと肘におっぱいが当たった。

心臓が口から飛び出しそうなほど緊張するも、いやな気持ちはなく、むしろもっとやってほしいくらいだ。

顔が火照り、股間がズキズキする。

ズボン越しのふくらみに手を置いていた人妻は、妖しく笑う。

「ウフフ。大丈夫みたいね。私ね、祐一くんには感謝してるのよ。いつも一生懸命、早苗たちの面倒見てくれてるし」

「そ、それは仕事ですから」

「でも、献身的よ。ウフ……女性に対してそんなトラウマがあったなんて……言ってくれれば、お手伝いしてあげたのに」

（お手伝いって……えっ……？）

驚いた。

はにかんだ真衣が自分のミニスカートの裾をつかみ、顔を赤らめながらもゆっくりとたくしあげていったからだ。

（……ッ、う、うわっ）

声も出なかった。

なめらかな光沢のあるパンストに包まれた、ラベンダー色のパンティがまる見えになる。

淡い色の大人パンティが、しっかりと女性の大事な部分を包み隠していた。

「あんッ……そんなエッチな目……どう。私のパンティ見て、興奮する？」

「も、もちろん……」

興奮するに決まっている。

だけど、あまりのいやらしい光景に、それ以上の返事ができなかった。

何せ保育園の中で一、二を争う美人ママが自分のスカートをまくって、パンティを見せつけてきているのである。

しかもだ。

大胆な振る舞いとは裏腹に、スカートを持ちあげる彼女の美貌に、羞恥の色が見えていた。

誘惑することに慣れていないのだろう。

ドキリとしていると、真衣が恥ずかしそうにしながらも、スカートから手を離して、両手を差し伸べてきた。

頭を抱えられて、ぐっと真衣の胸のほうに引きよせられる。

(えっ……)

頬に柔らかなものが押しつけられていた。

ふわっふわっとして、むにゅ、むにゅとしている。

真衣の甘い匂いがふんわり鼻腔を満たす。

(うわっ……これ……おっ、おっぱいだっ。僕、ギュッとされて、真衣さんのおっぱいの谷間に顔を埋めているんだっ)

どういう状態かわかると、カアッと全身が熱くなる。

「ん、ふ……」

息苦しくなって、おっぱいの間で呼吸すると、

「やん、祐一くんの温かい息が……苦しかった？　もしかして、おっぱいに触るのって初めて？」

言われて一度、顔を離す。

真衣のバストをまじまじと見た。

白いブラウスの胸元をすさまじく盛りあげる豊かな乳房のふくらみ……。

マシュマロのように柔らかく、ゴムボールのような弾力がある。

「く、苦しくは……でも、その……すごく、や、柔らかかったですっ」

「フフ、男の子っておっぱい、好きよね。もっと揉んだり、いろいろしてみたいんでしょう？」

挑発的な笑みを見せられる。

祐一はこくこくと頷いた。真衣の視線が下にいく。

あっ、と思って、慌ててズボンのふくらみを手で隠すも、真衣がクスクスと笑っている。

「恥ずかしがらなくていいのよ。うれしいの……女性が苦手って言うけど、私の身体には反応してくれるなんて……ねえ、私で……練習してみる？」

「え！」

息を呑んだ。

真衣がブラウスのボタンをはずしていく。

今度はまわりを気にすることもない。じっくりと眺めた。

4

祐一はごくりとツバを飲みこんだ。

ラブホテルの部屋で、美人妻がブラウスのボタンをはずしていく。

真衣は少し躊躇(ちゅうちょ)しながらも、ブラウスを肩から抜いてブラジャー一枚の半裸になった。

（うわっ……す、すげえ……）

ラベンダー色のブラジャーは、精緻なレースが施されていて、清楚な奥様にお似合いの、高級そうな下着だった。

フルカップのブラなのに、谷間は深くて、おっぱいがこぼれそうだ。

(やっぱり想像どおりのF、いや、これはGカップもありうるぞ……ああ、あんなにゆさゆさ揺れてっ)

真衣はベッドから降りて、今度はスカートのホックをはずして、足下にばさりと落としてしまう。さらにパンストもまるめて爪先から抜き取った。

(おおおっ、来たっ！　ま、真衣さんの下着姿っ)

くらくらした。

白磁のようななめらかな肌。

見事に引き締まってくびれたウエスト。

量感たっぷりの、ムッチリと張り出したヒップ。

特にお尻はすごい。

小気味よく盛りあがった尻たぶは、小さなラベンダー色のパンティでは収まりきれず、尻肉をハミ出させていたのである。

(だ、旦那さんがうらやましいっ……なんていやらしい身体つきなんだよ)

人妻の妖しい官能美が、ムンムンと匂い立つようだった。

「ウフフ……すごい、目が血走って……」

真衣がクスクスと笑う。

「子持ちの人妻じゃ、初めての相手じゃ可哀想(かわいそう)かもしれないけど」

「そんなっ……ゆ、夢みたいですっ。あの……いけないことだと思ってたけど、真衣さんのこと憧れていたので、だから……」

「ウフフ。ホント？」

真衣はうれしそうに言いつつ、両手を背にまわす。

大きなブラジャーがと緩んだとたん、ぶるんっ、と音を立てそうなほどの巨大なふくらみが、祐一の目の前に露になる。

「ああ！」

思わず、声をあげてしまった。

それほどまでに鮮烈な光景だった。

まるでスイカのようなたわわなふくらみが、せめぎ合うように揺れている。

巨乳のグラビアアイドルを彷彿(ほうふつ)とさせるほどの、圧倒的な大きさ。

しかも大きいのに、あずき色の乳首がツンとせり出していて、しっかりと悩ましいまでのまるみを帯び、お椀(わん)形に形をつくっている。

「ウフッ……その呆(ほう)けた表情がいいわ。女の人のおっぱい、初めて？」

夫以外の男の前で胸元をさらした人妻は、わずかに恥ずかしさを噛みしめた表情で見つめている。

「は、はい」

照れて、まともに目を合わせられない。

カアッと体温があがり、汗がにじむ。

「照れなくていいのよ。私のおっぱい、好きなようにして……レッスンなんだから」

戸惑う祐一の手を取り、真衣は自分のバストに導いた。

「……っ」

指先が美人ママのナマ乳に触れている。

もう全身から湯気が出そうなほど興奮し、血液が沸騰した。

「どう、初めてのおっぱいの感触は。ご期待にそえたかしら」

「は、はひっ」

舌がもつれて、まともに返事ができない。

その様子を見て、真衣は口元に手を添えて、クスッと上品に笑う。

「ウフフ。可愛いんだから。いいのよ、揉んでみて」

せかされるままに、祐一は大きく手を開き、ふくらみに指を食いこませた。

わずかに汗ばんだ白い乳肌が手に吸いつき、柔らかな乳肉がしなって指が沈みこんでいく。

(うわっ、うわわわ……ぷくっとして、や、やわらかーいっ)

今度は片手ではつかみきれないほどのふくらみを、やわやわと揉みしだいてみる。

たわわな肉の弾力がたまらない。

それに人肌のぬくもりがあって、落ち着く感じだ。

鼻息荒く、さらに祐一は、むぎゅっ、むぎゅっと乳房をモミモミすると、

「ああんっ……いやらしい揉みかた……いいわっ。もっと祐一くんの好きなようにいじっていいの」

許しを得ると、理性のネジがポンと抜けた。

夢中になって両手で両方のおっぱいを揉みしだき、左右から寄せたり、揺らしたりして、形がひしゃげるのを楽しんだ。

「はああ……す、すごいっ……おっぱいって、こうなるんだ」

搾るようにすると、あずき色の乳首が、せり出してきたように思える。

先ほどより乳頭部がピンピンだ。

(ち、乳首……硬くなって……感じてるのかな?)

わからぬままに、親指と人さし指で、そっと乳首をつまんでみた。

「あんッ……」

真衣がビクッとした。

恥ずかしそうに口元を手の甲で隠す。

「あ、あの……」

「……ごめんね、いいのよ……」

真衣の細めた目が明らかに潤んでいて、わずかに呼吸を乱している。

エロかった。

たまらなくなって、もっと乳首を指で強くつまんで、こりこりとよじってみる。

「あっ……あっ……やん、エッチな触りかた……」

人妻の細い眉がハの字になり、わずかに泣きそうな顔に変わる。

さらにつねったときだ。

乳頭部から、じわあっと白い液体が出てきて、ベッドに座る人妻の太ももを濡らしはじめたので驚いた。

「あ、やんっ……だめっ、おっぱい出てきちゃった」

「えっ、おっぱいって……」

「……身体が熱くなったり、敏感になったりすると、母乳が出てくるのよ」

真衣が目の下を紅潮させて言う。

「そ、それって……感じて……」

祐一が口にした言葉を、真衣は小さく頷いて肯定した。

「……そうよ。久しぶりに男の人に揉まれて、感じちゃったのよ。それに祐一くんがエッチな触りかたするんだもん」

小さく口をとがらせた真衣は、近くにあったティッシュでおっぱいを拭う。

「あんっ、困ったわ……」

湧き出てくる白いミルク……祐一は生唾を飲みこんだ。

「あのっ、の、飲みたいです。真衣さんのおっぱい、飲んでもいいですか」

厚かましく尋ねてしまう。

目を大きくした真衣だが、すぐに笑みを向けてくれた。

「いいけど……たくさん出てくるわよ。それに、おいしくないかも」

「い、い、いいですっ。お願いしますっ」

昼間の授乳シーンから、真衣のおっぱいってどんな味なのだろうと、ちょっと興味が湧いていたのだ。

（まさか、真衣さんの母乳がいただけるなんて……）

彼女はパンティ一枚の姿でベッドに横たわり、おいでという感じで両手を差し出してきた。

仰向けでも大きなバストは、しっかりとまるみを誇示している。

「ああ……ま、真衣さんっ」

荒々しく覆いかぶさり、おっぱいにむしゃぶりついた。

「あはっ。こらぁ、がっつかないで……やんっ、大きい赤ちゃんっ」

真衣がくすぐったそうに身をよじる。

その様子を上目遣いに見ながら、硬くなった乳頭部に唇をつけて、頬をくぼませて吸いあげた。

ヂュ、ヂュヂュ……。

音を立てて一心不乱に吸うと、シュワアッと、口中がうっすら甘みのある液体で満たされていく。

（これが真衣さんのおっぱいの味……思ったより、甘いっ）

乳暈（にゅううん）ごと、乳首を貪るように吸い、おっぱいを唾液まみれにする。

その間にも手で、もう一方のおっぱいを揉むと、真衣のミルクがぴゅっと出てきて手を濡らしていく。

(ホントだ。すごいいっぱい出るっ)

慌てて今度はそっちの乳首にも吸いつき、チューッと思いきり吸うと、

「ンッ……あんっ……やんっ、強いっ」

真衣が声をあげて、顔をググッとのけぞらせる。

今までにない反応だ。

驚いた祐一は、乳首から口を離す。

「い、痛かったですか?」

つらそうな顔をしていた真衣は、目を開けてニコッと笑った。

「ごめんなさいね、いきなり声を出して。赤ちゃんと違って、吸い出す力が強くて驚いちゃったの。大丈夫よ……気持ちいいから……いいのよ、ウフフ。今日の私のミルクはぜんぶ、祐一くんのものよ」

真衣が頭を撫でてくれる。

(気持ちいいって……ああ……感じてくれたんだ)

童貞への気遣いかもしれない。

それでもうれしかった。

祐一はもっとどうにか刺激を与えてみようと、再び吸いつき、ヂューッと吸いながら、今度は舌で乳頭部をねろねろと舐め転がした。

「んっ……んっ……」

真衣は声を押し殺すようにしながら、ぴくん、ぴくんと感じている。

舐めながら表情を盗み見れば、眉根をひそめて、今にも泣き出しそうな表情だ。

(これは本気で感じてるんじゃないか？)

もっとやる気が出てきた。

祐一はさらに夢中になって、母乳をちゅぱちゅぱ吸い出して、喉を開いてごくごくと流しこんでいく。

(おいしいっ、真衣さんのミルク、おいしいっ)

飲みながら、舌先を横揺れさせて乳頭部を刺激すれば、

「んっ、んうっ……あっ……はぁンッ……いやんっ、エッチな吸いかたっ……ああん、だめぇっ……そんなにしたら、あっ……はああんっ……やああぁんっ」

見ると、真衣は鼻にかかった甘い声をついに漏らし、上体を気持ちよさそうにのけぞらせる。

(おおお！　これは間違いないっ……僕が人妻を感じさせているんだっ！)

生まれて初めての経験に、祐一は燃えあがる。

パンツの中でダラダラとガマン汁を噴きこぼすのを感じながら、ちゅるっと乳首を吐き出して眺めてみた。

（こ、こんなに乳首が……勃ってるっ）

最初の二倍ほど大きく、円柱形にせり出していた。

口に含むと、カチカチだ。

軽く歯を立ててみる。

「あんッ！」

真衣がビクッとした。

その反応に驚きつつ、チュウチュウと吸い出しながら、今度は舌を激しく横揺れさせて、さらには大きな乳輪まで舌の腹でなぞっていく。

「あはんっ……ホントに上手よ、祐一くんっ……いやんっ、私……年下の男の子に……童貞の子にこんなに感じさせられちゃうなんてっ」

上気した真衣が、ギュッと抱きしめてきた。

（ぬわわわっ）

おっぱいに顔がめりこんだ。

天国だった。

さらに母乳を吸いつつ、乳首を唾液まみれにするほど舐めしゃぶっていく。

「やあんっ……はあっ……ああんっ……だめぇ」

すると、真衣の声が甲高いものに変わり、腰がガクガクと痙攣をはじめた。

（え？　何……真衣さん、ビクン、ビクンって……）

吸うのをやめて様子を見れば、真衣が色っぽく悶えていた。

（う、うわっ……真衣さんが、清楚なママが、ＡＶ女優みたいな淫らな顔をするなんてっ）

見ているだけで、チ×ポが爆発しそうだ。

「はあぁ……ようやくラクになってきた。それに……ウフッ……すごく気持ちよかったわ。今度は私が気持ちよくしてあげる」

真衣がズボン越しにふくらみをこすってきた。

「うっ！」

それだけなのに、強烈な刺激だ。パンツの中はもうぐしょぐしょになってしまっている。

5

「オチ×チン、苦しそうね……ラクにさせてあげる」

真衣は祐一をベッドに仰向けにさせると、身体をズリさげてベルトをカチャカチャと手早くはずし、ファスナーをチーッと下げてきた。

「あっ、待ってっ！」

イチモツはガマン汁でべとべとのはずだ。

それでなくても、汗臭いだろうし、汚れてもいる。

そんなペニスを見せたくなくて両手で隠そうとするも、真衣にその手を払いのけられて、ズボンをパンツごと下ろされてしまう。

「ああ……」

勃起の先端がおしっこを漏らしたように濡れている。

恥ずかしくなって、腰を引いたまま目をそらした。

「ウフッ……やだっ……おへそにつきそう。すごい元気っ……恥ずかしがらなくてもいいのよ。私のおっぱいで、こんなふうになってくれたのがうれしいの」

真衣のほっそりした指が、汚れたペニスに触れる。

「うっ！　だ、だめですっ。真衣さんのようなキレイな人が……僕の洗ってないチ×ポを手で触るなんて……」

そう言ってまた隠そうとするが、真衣はニコッと笑い、祐一にキスしてから視線をからめてきた。

「ウフッ……汚くなんかないわ、祐一くんのなら……こういうのも初めてなの？」

ゆっくりこすられる。

「アア、ま、真衣さんっ……」

薬指に指輪の光る、清純そうな可愛いママの手が、自分のチ×ポに触れている。

夢心地だ。

もう、どうしていいかわからない。

(な、何これっ……女の人に触れるのが、こんなに気持ちよくて、ドキドキするなんてっ……それに、僕のは汚くないって、それって……)

練習と言いつつも、少しくらいは気があるのではないか。

そう思うと、ますます至福が湧いてきて、勃起を硬くしてしまう。

「あん、ピクピクしてる……」

真衣の手が、祐一の性器をいろいろ確かめるような手つきで、今度は睾丸も揉みしだいてきた。

「はぁン、すごいパンパン……祐一くんの子種が、たっぷり詰まってるのね。どう、初めて手でされた気分は？」

根元をシコシコしながら、目を向けてくる。

その気持ちよさと、色っぽさに当たられて、腰がひくつく。

「だ、だめっ……そんなにされたら、出ちゃいますっ」

仰向けで何度も背を浮かす。

真衣の表情がますます淫らになる。

「ンフッ……いいのよ、出して……練習なんだから。好きなときに出していいのよ。可愛いオチ×チンから、ぴゅっと白いのが出るの、ママに見せなさい」

からかうように「ママ」と言い、イタズラっぽく笑った真衣は、身体をズリあげてきて、ふたりでベッドに横臥した。

顔を突き合わせながら、シコシコされる。

恥ずかしくて顔をそらしてしまうも、手コキをしてないほうの手で、優しく頬を撫でられた。

（気持ちいい……リアルにママにされてるみたい……）

照れつつも、真衣の顔を見た。

すでに真衣の顔は上気して、汗ばんでいて髪の毛が頬に張りついていた。形のよいアーモンドアイが歪み、瞳が妖しく濡れている。

（色っぽい二十七歳の人妻……た、たまんないよっ）

真衣の指が、竿の根元だけでなくエラの裏側もこすってくる。

とびあがりそうなほどの刺激に、祐一は意識をとろけさせて、ハアハアと息を荒らげていく。

「ウフフ。可愛い。うっとりして……もうすぐかしら。ねえ、ホントはママのおっぱい吸いながら、シコシコされたいんでしょう？」

さすが人妻だった。

可愛いのにチ×ポの扱いに慣れていて、男の欲望もよくわかっている。

祐一は身体をズリ下げ、あずき色の乳首をパクッと咥え、チューッと吸った。

とたんに鼻腔に甘いミルクの乳臭が抜けて、ふわっとした香りが、青年に性的な欲望と安心感を与えてくれる。

（おっぱいを吸いつつ、手でチ×ポをこすられる……さ、最高っ……それに、この甘

い味……母乳好きになりそう）

チュ―ッ、ヂュッ、ヂュッ……。

ミルクタンクが空になりつつあるのか、ストローでコップの最後の液体を吸いこむみたいな音を出し、最後の一滴まで真衣のミルクを吸いつくした。

「はあんっ……ん、んふぅんっ……あああんっ、いっぱい飲んでくれたのね……ママのおっぱい」

勃起を握る手はさらに大胆になる。

真衣の手によって竿をこすりながら、敏感な鈴口を指でくりくりといじられる。

「ぬわわわ……」

亀頭部をさすられ、表皮をシコられ、尿道口をいじられて……。

もう、限界だった。

「ああ、ま、真衣さんっ、出るっ……このままだとかけちゃいますっ。離れて」

だが真衣は逃げるどころか、ウフッと笑みを漏らしつつ、スナップをきかせて、さらにこすってきた。

「いいわよ、私のミルクを飲みながら、祐一くんも元気なミルクを出して……ウフ。可愛いオチ×チンね。ねえ、剝いてあげましょうか？」

そう言うと、真衣は包茎の皮を指で剝いて、ピンク色の先端を露出させて、指先でそこを刺激してくる。

そのときだ。

「……っ」

脳天に鋭い刺激が打ちこまれ、快感が電流のように駆け抜ける。

どぴっ、どぴゅっ……びゅるるっ……。

そんな音がしそうなほど、勢いよくザーメンが飛び出して、真衣のパンティやおなかを白濁に染めあげた。

「キャッ！　ああんっ、熱い、すごくたっぷり……こんなに勢いがいいなんて」

真衣は自分にかけられた精液をすくい、目をまんまるにする。

「ああ……ご、ごめんなさい……」

気持ちよすぎて、めまいがした。

輸精管を精液が一気に駆け抜けたことで、放出し終わってもペニスが熱く、じくじくしている。

「もしかして、剝いたの、痛かった？」

「だ、大丈夫ですっ。でも、その……剝いたことなかったから、すごい刺激で……」

いつものオナニーとは、ぜんぜん違う初めての経験だった。

濃厚な栗の花の臭いが漂う。

見ると、真衣のラベンダー色のパンティに、どろっとした白い塊が付着して、汚してしまっていた。

「あっ、パ、パンティ、汚しちゃって」

慌ててテッシュを探すも、

「いいのよ。気持ちよかったんでしょう？　ああんっ……すごいわ。男の子の濃い匂い……」

真衣はいやがるどころか、陶酔したような笑みを見せてきた。

そうして、パンティについたザーメンをほっそりした指ですくうと、こちらを見ながら、それをしゃぶって見せつけてきた。

「……っ。ま、真衣さんっ！」

汚れた牡汁を、美人ママが舐めたことに祐一は狼狽えた。

「これが祐一くんの味……青臭くて濃厚で……ウフフ。でも、おいしいわ」

真衣は指先を丹念におしゃぶりし、精液を舐めつくしていた。

（真衣さんが、こんなにエッチなことをしてくれるなんて……）

自分の出した精液を目の前で味わわれた恥ずかしさと、いやがらずに口にしてくれたという多幸感に、身体が熱くなってきた。

「んふっ……んん……」

真衣の喉が小さく動いた。

舐めただけではなく、精液を飲んだのだ。

「あら……まだ上を向いてるの……？」

言われて自分の股間を見る。

確かに勃起していた。

（あ、あれ、いつもは出しちゃうと、エッチな気分は消えるのに……）

いわゆる賢者タイムと言うヤツだ。

だけど、今は……もっとエッチしたい気分だ。

「ウフフ。これだけじゃすまないわよね……いいわ、私も欲しくなってきてるし」

そう言うと、真衣はラベンダーパンティを脱いだ。

（あっ）

股間に恥毛が見え、その下にピンク色の女性器が見えた。

（お、おま×こ！　おま×こだっ！　ナ、ナマで見るのは初めてっ）

鼻血が出そうなほど興奮していると、真衣が覆いかぶさってきた。

「初めてが私なのよね。いいのかしら？」

「も、もちろんっ」

「ウフフ。じゃあ、仰向けに寝て……祐一くん」

言われるままにベッドに仰向けになる。

真衣が足を開いて跨(また が)ってきた。

（え？　え？　え？）

高熱にうなされたような、ぼんやりした意識のなか、穂先が柔らかく湿った女のワレ目に当たっていく。

「祐一くん、女のこと教えてあげる……たっぷり味わって」

ぐっと腰を沈められた。

ぬちゃ！

まるで煮つめたトマトに、ペニスを突き入れたみたいだ。

「くううう！」

なんだかわからない。

だけど、どろどろした場所に切っ先が埋められていて、見ると、チ×ポがすでに真衣の中に入っていた。

「ああんっ、硬くてっ……熱いっ……ああん」

上になった真衣が、いきなり腰を使ってきた。

「くうう、ううっ……」

根元から揺さぶられて、柔らかな膣肉で肉棒を締めつけられる。

経験したことのない圧迫感。祐一は大きくのけぞった。

「あんっ、初めてだから、もっと楽しみたいわよね……ああん、でも、ごめんなさいっ……私が気持ちよくてとまらないの……ああんっ……はああんっ」

真衣の腰が前後に振れ、巨大なおっぱいが、ぶるんぶるんと揺れている。

「ああ、今、僕と真衣さん……つ、つながってる？」

「そうよ。ウフフ、私の中、わかるでしょ？　ひとつになったのよ」

上から見下ろしながら言う。

今、自分はセックスしている……。

あったかい。心地よい。

チ×ポがおかしくなりそうだ。

「あ、でも、ゴ、ゴム……」

朦朧とする意識のなかで、それだけは考えた。

真衣は首を横に振る。

「今日は大丈夫な日だから……あっ、でも、さっきの祐一くんの濃いのを見たら、ちょっと怖くなっちゃった。あんなの注がれたら、妊娠しちゃうかもね」

「えっ！　に、にんし……」

狼狽えた。

(そうだよ、人妻とナマでヤッちゃってるんだっ……出したらまずい)

いけないと思うのに、挿入したイチモツがギンギンに硬くなる。

「あんっ、いやっ……私の中でオチ×チン大きくなって……ああんっ、人妻の私に種づけしたいのね。いけない子っ」

「い、いやっ、そんなことは……うっ！」

真衣が前傾して、上になったまま抱きしめてキスしてきた。

「んふっ……ううんっ……んうん」

甘い鼻声を漏らしながら、真衣がぬめった舌で口内をまさぐってくる。

(舌！　女の人と、舌をからめたキスなんてっ！)

初めてのディープキスの衝撃。

柔らかな人妻の肢体にギュッとされる心地よさ。

もう記憶がなくなっていき、ただただ快楽がもたらされるだけだ。

「んはぁっ！　祐一くんのオチ×チン、奥に来るっ……感じちゃうっ。ああんっ……感じる、気持ちいいっ……」

真衣はキスをやめて、ギュッとしたままガクガクと腰を震わせた。

だめだ。

何かよくわからないが、射精しそうなのは間違いない。

「あうううっ、もうだめっ、出ちゃう……出ちゃいますっ。早くはずしてっ、そうじゃないと、中に出しちゃいますっ」

「うふんっ……いいのよ。祐一くんっ、来てっ……中に出してっ……」

しがみついてきた麗しい人妻の禁断の台詞に、祐一の理性が崩壊した。

「くうう、真衣さんの、お、奥で出ちゃうっ……ああ、だめっ」

どぷぅっ、びゅっ、びゅっ……。

続けざまの二発目なのに、またもそんな音がしそうなほどの激しい射精だった。

「んはぁっ……ああんっ……祐一くんの、熱いのが届いてるっ……うふんっ」

まるで膣内射精を味わうかのように、真衣は軽く目を閉じて、ハアハアと息を荒らげたまま祐一に抱きついていた。

そのまま膣が締めつけてきたので、放出の悦びがいっそう増してくる。

(僕、初めてで、女の人の中に……こんなに麗しいママの中に出してるんだ……)

夢のような喜悦。

ゆっくりと意識がなくなっていく。

それでもひたすらに、祐一はおっぱいを吸っていた。

「あはっ……可愛い……すっかり授乳がくせになっちゃったのね」

真衣に撫でられる。

祐一は至福を感じながら、ほんのり甘い乳首をチュウチュウと吸い、筆下ろしされた余韻に浸るのだった。

第二章　ムチムチ熟女の母乳

1

次の日。

起きるとだるくて、身体が痛かった。

もちろん風邪や病気でないことはわかっている。初めてのセックスを経験して、緊張しすぎて疲れが出たのだ。

病気ではないのだからと、祐一は保育園にいつもどおり出勤したものの、心ここにあらずで、ずっと何か、ふわふわしっぱなしである。

「せんせえ、おなかいたいの？」

子どもたちが心配そうに声をかけてきて、ドキッとした。

真衣の子どもの早苗だ。汗が噴き出す。

「な、なんでもないよお、あははは」

なんでもないわけがない。

イチモツがズキズキして、股間の違和感がすごい。

（これがセックスしたあとか……夢の初体験……のはずなのに、昨日のセックスのこと、ぜんぜん思い出せないよっ）

そうなのだ。

昨夜、いつ寝たか、記憶がない。

朝起きるともう真衣はおらず、昨夜のうちに帰ったらしいことは書き置きでわかったが、セックスしたところから記憶がないのである。

祐一がはっきりと覚えているのは、真衣が精液を舐めたところまでだ。

そのあとは……。

美人ママのフルヌード、母乳、初挿入、初騎乗位……。

目を閉じると、自分の上で腰を振って、ヨガリ声をあげているエッチな真衣の姿が浮かぶから、セックスしたのは間違いない。

だけど、記憶がぼんやりしている。

(母乳が甘かったのは覚えてるぞ……でも、それだけ……？)

牛乳よりはさらっとしていて、匂いもなかった。

だけど、意外においしかった……というよりも、人妻のおっぱいを吸ったという事実に身体が熱くなる。

ずっとそんなことを考えていて、身が入らぬままに帰りの時間になる。

祐一は待機場所で子どもと遊びながら、

(真衣さんと、どんな顔して会えばいいのかな)

と、思わずニタニタしていると、

「祐ちゃん、何をぼうっとしてるの？」

優しげなふんわりした雰囲気の熟女が、柔和な笑みを浮かべていた。

「あ、おばさん……じゃなくて、仁科(にしな)さん」

慌てて言い直すと、仁科香緒里(かおり)はクスッと落ち着いた笑みを漏らす。

「だから、おばさんでもいいって言ってるでしょ。私も『祐ちゃん』って読んでるんだから」

香緒里は、タレがちな優しい感じの目を細めて、柔らかく笑う。

仁科香緒里、三十四歳。

祐一の実家の隣家だから、子どもの頃からよく知っている人だ。

小学六年生の長女と、二歳の長男という年の離れたふたりの子を持つ、しとやかで落ち着いた雰囲気の和装の似合いそうな女性である。

肩胛骨（けんこうこつ）あたりまでのさらさらの黒髪がとても美しく、祐一が小さい頃、そのビロードのようなツヤ髪の、甘い匂いを嗅ぐのが好きだった。

（今日もキレイだな……おばさんも熟女なのに可愛いんだよな）

いいお母さん的な雰囲気なのだが、醸し出す色気は熟女らしくやけに濃厚で、おばさん、と言いつつも、こんな見目麗しいおばさんはいないだろうなと、ひそかに憧れていた存在だ。

（やばいな……いつも以上に、おばさんを意識しちゃう……セックスを経験したからか、おばさんのことも性的な目で……）

思わず香緒里の全身を見てしまう。

サマーニットに、ロングスカートという地味な出（い）で立ちだが、熟女らしくお尻が大きく、おっぱいも大きい。

「卓（たく）ちゃん」

駆け寄ってくるわが子に対して、香緒里が前屈み（まえかが）になって腕を伸ばしたときだった。

サマーニットの襟が緩んでいて、ココア色のブラに包まれた、悩ましいまでの胸の深い谷間が覗けた。

（ぬわっ、おっぱい、デカッ！）

もともと服の上からでも大きいとは思っていた。

だけど、真衣のナマ乳を拝んでしまったので、その大きさに比較対象ができてしまった。

真衣はおっぱいが大きい。

しかし、おそらく香緒里はそれよりも大きいとわかった。

Fカップに対して、Gカップって感じだ。

そして何よりも、香緒里のほうが全体にムッチリしている。

特に腰まわりは細いのに、なんというか、脂が乗っていて柔らかそうなのだ。

（いかん……僕は真衣さんだけ……）

と思っていたが、はたと気づいたのは、真衣が人妻だというのは何物にも代えがたい事実であるということだ。

2

その夜。

祐一はもやもやした気持ちのままに、居酒屋で深酒をしてしまった。

といっても、生ビールを五杯。

もともとアルコールには強くないので、これだけでへべれけだ。

(真衣さん……なんで人妻なんだよ)

頭の中が真衣のことでいっぱいになっている。

今日、真衣の子どもを迎えに来たのは、真衣の旦那だった。

嫉妬でおかしくなりそうだった。

(わかってたんだよなあ……人妻だって……本気になんかなっちゃだめだって)

さらにもう一杯飲んでから、居酒屋を出た。

ふらふらしながらも、なんとか自宅アパートに着いた。自宅アパートは、実家からそれほど遠くない。

着いたはいいけど、二階まであがれそうもない。

（もう、無理だ……）

外階段で横になり、うとうとしたときだ。

「え？　祐ちゃん」

聞き覚えのある声がした。

ぼんやりした目で見れば、真衣が心配そうに立っている。

ピンクのサマーニットに膝丈のプリーツスカート。

（あれ……なんで真衣さんがここに？）

わからぬまま、ぼうっとしていると、

「大丈夫？　かなり酔ってるみたいだけど、こんなところで寝ちゃだめよ」

真衣に注意された。

「う、うん……ごめん……大丈夫だから」

と、階段を昇ろうとしたら、足を踏みはずした。

「祐ちゃんっ」

慌てて真衣が身体を支えてきた。

（あっ！）

サマーニット越しの胸のふくらみが、左腕に押しつけられた。

酔っていても、なんとなくはわかる。

（や、柔らかいなっ、真衣さん……）

真衣に支えられながら、なんとか階段をあがり、自分の部屋の前まで着いた。鍵を開けて中に入る。

靴を乱暴に脱ぎ捨て、ふらふらしながらベッドにダイブした。

（うわーっ、くらくらする。こんなの初めてかも……）

目をつむると、頭の中で意識がぐるぐるとまわっている。

「やだ、もう。何があったの、祐ちゃん」

真衣がベッドに座った。

（へんだな……真衣さん、僕の家は初めてのはずなのに、慣れてる）

ぼんやりした目で真衣を見る。

クリーム色のプリーツのスカートが座った拍子にズリあがって、真っ白い太ももが見えていた。

（真衣さんの太もも……）

ムッチリした肉づきのいい太ももだ。

白いふくらはぎもすらりとして、なんとも色っぽい脚である。

（パンティストッキングを穿いてない……ナマ脚だ）

酔っていても、しっかりと勃起した。

真衣が身体をこちらに向けると、脚がわずかに開いて、秘めたるスカートの奥がチラッと見える。

（ココア色のパンティだ……だめだ……真衣さんっ）

酔いつぶれて意識が朦朧とするなかで、祐一は真衣をベッドに押し倒した。

「ちょっと、キャッ、祐ちゃん」

真衣が抵抗して、悲鳴をあげた。

（祐ちゃん？　真衣さん、いつもの僕に対する呼びかたが違うな……まあ、いいや）

真衣のサマーニットをまくりあげると、ココア色のブラジャーに包まれた、大きなふくらみが露になる。

（やっぱ大きいっ……昨日よりも大きい気がするっ）

それに昨日はよそ行きのブラだったのか、レースが編みこんであったが、今日の下着は使いこんでいる感じだ。

だが、生活感のある下着のほうが、昨日のブラよりエロい。

興奮しつつ、ブラカップをまくりあげた。

ぶるんと、ふたつのふくらみが上下に揺れ、くすんだ色味の乳首と、巨大な乳輪が目の前に現れた。

(あれ？　昨日と乳輪の大きさも乳首の色も違うな……ラブホテルと照明が違うから？)

それに、昨日よりもおっぱいが垂れ気味な気がする。

きっと気のせいだと手を伸ばした。

「ああっ……いやんっ、だめっ……祐ちゃんっ……おばさんよっ、やめてっ」

祐一は酔った頭で考える。

(おばさんって、なんのこと？　あれえ？　真衣さん、なんか昨日と雰囲気違うな)

そんなことを思いつつ、人妻を押さえつけながら乳房に指を食いこませると、ぐにゅうっと押しつぶれるように、巨大なおっぱいがひしゃげて、いびつに形を変える。

「う、うわっ……や、やわらかーいっ」

マシュマロみたいな揉み心地だ。

昨日よりも柔らかい気がする。

揉めば揉むほどぐにゅぐにゅと形を変える。

実にいやらしいおっぱいだ。

（うわっ、乳首と乳首がくっつくほどの柔らかさっ。すげえ）

両手を使い、もっと荒々しく揉むと、

「ああんっ……だめえっ……祐ちゃんっ……酔っていて誰かと間違えてるのね？　私、香緒里よ……ちょっと、おばさんのおっぱいよ……はあんっ……」

人妻が足をばたつかせて、逃げようと身をよじる。

スカートがまくれあがって、ナマ脚がすべて露出した。

（おお！　ムチムチだ）

ココア色のパンティに包まれた下腹部も見えた。

ムッチリした太ももに、やけに大きなヒップ。

腰は細いけど、肉感的な下半身は昨日よりも充実している気がする。

「ああんっ、お願いっ、許して……」

人妻が逃げようとする。

「あ、に、逃げるなんてっ……昨日は真衣さんも、好きにしていいって」

祐一が言うと、真衣の抵抗がぴたっとやんだ。

（今だ）

その隙にギュッと乳房をつかんだ。

「キャッ！　ああんっ……真衣さんって、あの真衣さんなの？　ねえ、わ、私は真衣さんじゃないのよっ。祐ちゃん、酔ってるのね」

眉根をひそめた人妻が、ハアハアと息を乱しながら口走った。

実のところ……困ったように泣き顔を見せるのは香緒里であった。

だが酔った祐一には、完全に真衣に見えていた。

「真衣さん、何を言ってるの……ああ、すごい……乳首がまた硬くなってきたよ……昨日みたいにミルクが出るかなあ……また飲ませてね、真衣さんっ」

「え？　おっぱいを飲むって……あんっ……祐ちゃん、真衣さんとそんなことまでしてたのね。ああんっ、だめえ……」

いやがる真衣を押さえつけつつ、乳首に顔をつける。

（いい匂いっ……あれ？　でも、昨日と真衣さんの匂いが違うような……香水を変えたのかなあ）

女らしい匂いは同じなのだが、今の真衣の身体からは、昨晩よりも濃厚なムスクのような甘ったるい香りがする。

その匂いも悪くない。

匂いを楽しみつつ、乳首にぱくつき、ヂュッと吸いあげた。

「ああんっ、こんなのだめよおっ……ああんっ、あっ……あっ……」

人妻が顎をせりあげ、感じた顔を見せている。

細眉がキュッと曲がり、大きな瞳が細まっている。感じた声は甲高く、すごく色っぽくて、昨日よりも泣き顔がエロい気がする。

「真衣さんっ……すごく感じてるね」

もっと感じさせたいと、乳首を吸いながら、舌を揺らして乳頭部を刺激する。

「ああんっ……祐ちゃんっ、そんなにしたら、だめっ……おばさんも、おっぱい出ちゃう。ああんっ」

その言葉どおりに、口中にしゅわわわ、と液体がたまってくる。

祐一はそれを飲みながら、

(あ、あれ？　昨日より母乳が濃い気がする……甘さが違う……)

牛乳に近い濃厚さだった。

昨日の味も甘くておいしかったが、今日のミルクの濃厚な味もいい。

「真衣さんっ、おいしい……おっぱいっ」

大きく口を開けて、乳輪ごと吸いついた。

「ねえっ、私は真衣さんじゃないってば……ああんっ、そんな……あんっ……強いっ……おばさんのミルク、ぜんぶ吸われちゃう」

祐一は酔いにまかせて、夢心地のままに乱暴に人妻のおっぱいを交互に吸い、甘いミルクをたっぷり味わう。

「あっ……あっ……」

うわずった甘い声に、ムッチリと柔らかい肢体……。

もうとまらない。

祐一の荒々しい手が、人妻の太ももをつかんだ。

「だめっ、祐ちゃん！」

それだけはだめだとばかりに、人妻はぴったり太ももを閉じている。

だが祐一は力任せに片足を開かせて、うつろな目をしたまま、自分のズボンとパンツを下ろした。

酔っていても、下半身は元気そのものだ。

ビンとそそり勃つ勃起をちらりと見て、人妻は驚愕（きょうがく）に目をそらし、太ももを開かせまいと必死に力を入れる。

だが、祐一の力は強い。か弱い女ではどうにもならない。

人妻のパンティに手をかけ、祐一は強引に引き下ろし、そして無防備になった太ももをさらに大きく開かせようと力を入れる。

「ああ……だめっ……開かれちゃう……」

香緒里が狼狽えた声を漏らす。

祐一はまじまじと、真衣と勘違いしている香緒里の股間を見る。

「ああ、濡れてるっ……欲しいんだね、真衣さん」

言われて、人妻はカアッと顔を赤らめた。

「違うの、これは……ねえ、ホントにだめっ。お願い……おばさんよ。真衣さんじゃないのっ……いけないわ」

「真衣さんっ、どうして……昨日はあんなに優しくしてくれたのに……真衣さんが初めての人なのにっ……なんで人妻なんだよ。もう二度とだめなの？」

祐一は嗚咽（おえつ）を漏らす。

真衣のことが好きだ。

いけないことだと十分わかっているのだが、好きなのだ。

ふいに、目の前の人妻が力を抜いた。

「祐ちゃん、真衣さんとは……一回だけなのね？」

祐一には聞こえない。

香緒里はしばらく考えていたが、やがて大きなため息をついてから、祐一を見つめてきた。

「いいわ……そこまで言うなら、私を真衣さんのかわりに抱いて……おばさんを真衣さんだと思って……そう見えているのよね？　酔ったままでもいいわ。おばさんの身体を好きなようにしていいから、もう泣かないで」

その香緒里の言葉も、もちろん祐一には届かない。

祐一はしかし、真衣が許してくれたと思い、パアッと笑顔になった。

「ま、真衣さん……よかった……いいんだねっ」

都合よく解釈した祐一は、香緒里の太ももをつかんで、大きく左右に開かせた。

「んんんッ……いやっ、祐ちゃんに、こんな格好にされるなんて……」

サマーニットをはだけ、ブラジャーもまくりあげられてスカートも乱れた状態で、しかも身代わりで抱かれようとしている。

香緒里のつらさはしかし、祐一には届かない。

「いくよ、真衣さん……」

切っ先を茂みの奥に向ける。

（これが真衣さんの……女の人のおま×こ……）

昨日はいきなり上に乗られたので、女性器を見るチャンスがなかった。

二十七歳にしては、かなり使いこんでいるような気もするのだが、経験がないからよくはわからない。

「あんっ……祐ちゃんのオチ×チンが……当たってるっ……大きくなったのね……ああ、ホントにするのね……私、祐ちゃんと」

香緒里は目をギュッとつむった。

真衣と思っている祐一には、香緒里の覚悟は届かない。

「こ、ここでいいんだよね、確か……」

秘裂をめくりあげるように、勃起の先をこすりつける。

ねっとりした湿り気を感じた。

ここだと、小さな穴に向けて強引に亀頭を滑らせていく。

「くっ……い、いた……」

香緒里がキュッと眉をひそめる。

祐一は真衣と思っている香緒里の穴に、強引にチ×ポを奥まで押し入れた。

「ああ、気持ちいいっ……気持ちいいよっ、真衣さん……」

人妻の膣道を激しくこする。

「くうっ……ううっ……ううっ……」

香緒里は下唇を嚙みしめ、つらそうな顔を祐一からそらした。

「あなた、ごめんなさい……これも祐ちゃんのためなの……許して……」

いつもの柔和な表情をひそめ、女の切実な顔を見せている。

そんな悲壮な決意も、酔った祐一には届かない。

「真衣さんっ……色っぽい顔っ……たまんないよっ……」

祐一はがむしゃらに腰を動かした。

すぐに、射精したいという欲求が、祐一の中にこみあげてきた。

「ああ、真衣さん……出そうっ……もう出そう……」

「えっ……だ、だめっ……ッ」

と拒んだ香緒里だったが、まっすぐに祐一を見つめてから、ふっと慈愛に満ちた笑みをこぼした。

「いいわ……祐ちゃん……おばさんを好きなようにして。中に出してもいいから、気持ちよくなって」

「ま、真衣さんっ……中に出してもいいんだね」

香緒里の言葉を真衣に変換しながら、祐一はとどめとばかりに奥まで一気に突き入れる。

「……真衣さんに注ぐよっ……おおおっ！」

昨日に続いての、中出しの許しだと思った。

ふわっとした高揚感が、祐一の身体を熱くさせる。

「あんっ。どろっとして……熱いっ……すごいわっ……祐ちゃん……こんなにいっぱい、おばさんの中に出したのね……」

香緒里はせつなそうな息を吐く。

祐一はしかし、

「真衣さん、真衣さんっ」

と、変わらず真衣だと思いこみつつ抱きしめながら、一滴残らず香緒里の膣内に精液を流しこんでしまうのだった。

3

（ん？）

見覚えのある天井だった。

自分の部屋だ。

ベッドで寝ている。

(そうだ！　すげえ酔っ払ったんだ。記憶がない……よく帰ってこられたなあ……)

起きあがろうとしたときだ。

「いって……」

頭が割れるようだ。

人生二度目の二日酔い。一度目は大学時代に初めて深酒をしたときだった。そのとき記憶を失って、その間にいろいろ大学の同級生にエッチなこともしたらしい。

だから、深酒を禁止していたのだが……。

(しかし、やけにリアルな夢だったな……真衣さんを無理やりに襲っちゃって……)

真衣の中に注ぎこんだ気持ちよさは、ホントに射精したのではないかと思うほど実感がある。

余韻に浸りながら、ふいに横を見たときだ。

(え？)

女性がいた。

一瞬、真衣かと思ったが、そうではない。

香緒里だった。

(は？　お、おばさん……なんで？)

サマーニットがまくれあがり、スカートも腰までまくれていて、下着は身につけていない。

まわりを見れば、ココア色のブラジャーとパンティが落ちている。

香緒里は目を手で拭っていたが、祐一が起きたのに気づくと、ハッとしてスカートを直して微笑んだ。

「大丈夫？　祐ちゃん、外の階段で寝てるんだもの。びっくりして、なんとか連れてきたのよ」

「う、うん……」

ありがとう、と言おうとして、昨日の記憶がよみがえってきた。

——いいわ……私を真衣さんのかわりに抱いて……おばさんを真衣さんだと思って。

耳の奥に、その台詞が残っていた。

驚いて自分の下半身を見る。

チ×ポが白い体液で、かぴかぴになっていた。

ハッとした。

（も、もしかして……夢じゃなくて……しかも、僕が抱いたのは真衣さんでなくて、おばさん……僕、酔っておばさんを……レイプしちゃったんだ……）

がばっと飛び起きた。

記憶が一気によみがえる。

（間違いない。おばさんを押し倒して無理やりに服を脱がせ、母乳をチュウチュウと吸って……しかも、な、中出し……そうだっ……おばさんに中出し！）

さあっと血の気が引く。

あのとき……。

真衣に「中に出してもいい」と言われた気がして、そのまま抜かずに膣奥に子種をたっぷり注ぎこんだ。あれは香緒里の中だったのだ。

「どうしたの、祐ちゃん。まだ頭が痛い？」

香緒里が心配そうに言った。

いつもの優しくて、ほんわかするような笑顔が、今はよけいに痛々しい。

いたたまれなくなって、祐一は勢いよく頭を下げた。

「おっ、おばさんっ、僕、と、とんでもないことを……酔った僕をなんとか連れてきてくれたのに……お、襲っちゃって……」

謝ってすむ問題ではない。

人妻に、しかも子どもの頃から世話になっている、大好きな近所のおばさんを強姦して、しかもたっぷりとザーメンを中に注いだのである。

(ど、どうしよう……)

酔っていたから……なんて言い訳にならない。

泣きそうになる。

だが、香緒里は「ウフフ」と笑って、頭を撫でてくれた。

「いいのよ、怒ってないから」

「えっ、でも……僕、おじさんに、それに卓や愛子ちゃんにも顔向けできない」

香緒里の夫や長女を含めて、家族ぐるみのつき合いだったから、よけいに香緒里を抱いたことが罪悪感となって襲ってくる。

ひどいヤツだと自分でも思う。

なのに、香緒里は慈愛に満ちた目を向けてくれる。

「大丈夫よ、祐ちゃん」

「ホ、ホントに怒ってない?」

祐一はタオルケットで股間を隠して言った。

香緒里は散らばったブラやパンティを手に取り、祐一の目に触れないように隠してから返事をした。

「うふふ。怒ってないわよ。もちろん、いきなり押し倒されて、おっぱいやら、お尻を触られたときはひっぱたこうと思ったわよ。でも……」

少し寂しそうな顔をして、香緒里は続ける。

「でも……初体験をした人が人妻で……寂しかったんでしょ？　それだけ真衣さんのことを想ってたわけでしょ」

「うん。え？　ええええ？」

祐一の顔から血の気が引いた。

「僕、おばさんに……しゃべったの？　真衣さんのこと……」

「うふっ。ぜんぶ言ったわよ。祐ちゃん、真衣さんのおっぱいも飲んだんでしょ？」

「ああ、そんなことまで言ったんだ」

恥ずかしくて顔が熱くなる。

（あれ？　ということは……真衣さんだと思ってた母乳は……？）

言いながら、香緒里のノーブラの胸を見てしまう。

（僕、おばさんのミルクを飲んだんだ。あの母乳、真衣さんにしては、すごく濃厚な

味だった。当たり前だよな、別人のミルクなんだもの）
布団の上で、祐一は昨日のことを思い出して赤面した。

4

香緒里が、ふいに唇をとがらせた。

「でも……やっぱりねえ……真衣さんの身代わりに、抱かれてもいいっとは言ったけど、ちょっと哀しいかしら」

「み、身代わりなんて、そんなことないよ！」

祐一は思いきり否定した。

「確かに昨日は真衣さんだと思ってたけど……でも、おばさんとわかっても、エッチできたのはうれしかったよ……節操がないって、思われるだろうけど」

香緒里の表情がわずかに和らいだ。

「そんなお世辞はいいわよ」

「ホントだよ、その……」

祐一は言葉を切った。恥ずかしいが、身代わりなんて思ってほしくない。本当のことを話したいと顔をあげる。

「昔から……キレイだなって憧れていたんだ。いっしょにプールに行ったときのおばさんの水着姿を目に焼きつけて、何度もオナニーしたし……今日だって、おばさんが屈んだときに、胸元からココア色のブラジャーが見えて、興奮したし……」

香緒里は自分の背に隠していた下着を、チラッと見た。

「私のこと、そんなふうに思ってくれてたの？」

「うん。美人で、色っぽくて……スタイルも……何度もオカズにした……」

「あん……エッチね……でも、うれしいわ……ちょっと自信ついたかも」

「ちょっとだけ？」

祐一が訊く。

「え？」

香緒里がうれしそうに聞き返す。

「ちょっとじゃないわね。今も、そんなに元気にしてくれてるものね」

ハッと思って股間を見る。

タオルケットがいびつに盛りあがっている。

「あ、はは……これは……そうだよ。今も、おばさんのノーブラの胸が揺れるのを見たり、ノーパンなのを妄想したりすると、こんなになるんだ」

あらあら、と落ち着いた口調で笑う香緒里が、やけに色っぽく見える。

祐一は告白を続ける。

「昨日……真衣さんって言いつつ、ちょっと思ってたんだ。真衣さんより、おっぱい大きいし、身体つきが柔らかいし」

「うふふ。そうね。いっぱい触られたのよね、祐ちゃんに。身体中、いろんなところを舐められたし、母乳が出ちゃったから、それも吸われて……アソコにも指を入れられたり……私も白状すると、祐ちゃんがエッチな目で見てたの、おばさん、知ってたのよね」

「え？」

「祐ちゃん、女の人の身体が気になる年頃になったら、おばさんのおっぱいとか、スカートの中とか気にしてたでしょ。久しぶりに会っても私のこと、ちょっとエッチな目で見てたりしてたんじゃない？」

バレてたんだ、と顔が熱くなる。

だったら恥ずかしいオナニーの告白なんか、しなければよかった。

香緒里は、長い黒髪を手でさあっとすいてから、タレ目がちな三日月の目を輝かせる。

「そんなふうに想っていてくれたのなら……じゃあ、そのオチ×チン大きくしたの、おばさんが小さくしてあげていいのかしらね」

すっと香緒里が身体を寄せてくる。

濃密な匂いがまつわりつき、ふたりの間に淫靡な空気が流れた気がした。

「……祐ちゃん」

至近距離で見つめられた。

とろんとした瞼で、黒目がちの瞳が濡れている。

顔が熱くなり、どうしたらいいかと思っていると、いきなり顎を持たれて唇を塞がれる。

「え、おばさ……ッん……ッ！」

頭が痺れた。

(キ、キス！　香緒里おばさんと……子どもの頃からの憧れの人と僕、キスしてる)

昔から美人だと思っていた。

三十四歳になった今の香緒里は、年相応の色香もあって上品な淑女である。美人にさらに色っぽさが加わって、男心をくすぐってくる。

「んふぅん、ううんっ……」

香緒里は目を閉じて、くぐもった甘い鼻声を漏らしながら、まるで祐一の唇の感触を楽しむかのように、紅唇を何度も押しつけてくる。

(唇……や、やわらけえ……それに、おばさんのツバ、甘いよぉ)

ミントの呼気が、意識をさらにとろけさせていく。

祐一も目をつむる。

濡れた唇の柔らかさがたまらない……と、ぽうっとしていたら、ぬめった舌が唇のあわいに滑りこんできた。

(うわあっ、おばさんの舌が口の中に入ってきて……僕、大人のキスしてるっ)

ディープキス。

一昨日、真衣ともキスしたはずだが、やはり記憶がない。

(二度目はしっかりと記憶に焼きつけるぞ……でも、まさか、おばさんとキスできるなんて……)

舌と舌をからめて口の中をまさぐるなんて、そんなエッチなキスはよほど好きどうしでないと無理だと思っていた。

(なのに、おばさん……積極的に僕の口の中を舐めてる)

生き物のような、ねとっとした香緒里の舌が、祐一の歯茎や頬の粘膜までを舐めてくる。

(き、汚くないの？　僕の口の中をいっぱい舐めて……)

うっすら目を開ければ、香緒里はうっとりした顔で、気持ちよさそうだ。

祐一もがんばって舌を伸ばす。

するとすぐに香緒里の舌にからめとられ、チューッと吸いあげられた。

(ああ……キスってこんなにいいんだ……相手のこと好きになるっ)

思わず香緒里をギュッと抱きしめて、さらに激しく口を吸う。

「ウフッ……」

香緒里も背中に手をまわしてきて、ねちゃ、ねちゃと甘い唾の音を立てながら、唾液も息もとろけさせていく。

(ベロチュー……気持ちいいっ……舌がとけちゃうっ……うっ！)

キスしながら、びくんと身体を震わせる。

香緒里が祐一のタオルケットを剝ぎ、剝き出しの勃起を握りこんできたのだ。

ゆったりと手で勃起をこすられる。

肉エラの敏感な部分も細い指でくすぐってくる。

（くうう、キスしながら、手コキされるって……き、気持ちよすぎっ……）

ぴちゃ、ぴちゃ、ねちゃっ、ねちゃっ……。

部屋にキスの淫靡な音が響く。

苦しいほどに舌をからめて、唇を貪り合う。

ずっと、キスしていたい。

そんなふうに意識をとろけさせていると、ようやく香緒里の唇が離れていき、唾液の糸が香緒里の口と祐一の口の間に垂れた。

「おばさんとチューするなんて、いやじゃなかった？」

「いやなんて……うれしかったよ。気持ちよくて……ずっとしたかった」

「よかった。キスって大事なのよ。女の子も、好きな男の子にキスされると濡れちゃうの。好きになった子がいたら、いっぱいキスしてあげなさいね」

「う、うん……」

過激なことを言われて、ペニスがビンとそそり勃つ。

（濡れちゃうって、おばさんも今……僕とのベロチューで濡れたのかな？）

想像しただけで興奮する。

ますます勃起が硬くなる。

「あら、また大きくなっちゃうのね……すごいわ。ああんっ、祐ちゃん、こんなに硬くて熱いのを……さっき……無理やり、おばさんに入れたのね。悪い子ね」

お仕置きのように、また激しくキスされて、甘く手コキされた。

(くうう、気持ちいいよぉ……もう死んじゃう……)

夢のような心地よさに、頭がピンク色に染まり、もう香緒里のことしか考えられなくなる。

キスをほどき、香緒里が目を合わせる。

「うふっ……とろけちゃって可愛い……今度はちゃんと私と認識してね。三十路を越えてからあんまり見せられなくなった身体だけど、練習と思って好きにしていいわ」

香緒里も、真衣と同じように「練習」と口にする。

(やっぱママになると、自分に自信なくなるのかな……)

ふたりとも女優みたいにキレイだ。

なのに、すごく自虐的なのだ。驚いてしまう。

「練習なんてっ……今でもおばさんのこと、好きなのに」

口をついて出た言葉に、自分で顔を赤くする。

「うふふ。真衣さんはいいのかしら?」

「えっ……あっ……」

ちょっと困った顔をすると、香緒里はすっと耳元に口を寄せてきた。

「困らせちゃったかしら……うふっ。ウソよ。いいの、私が祐ちゃんとしたいんだから。おばさんの身体で興奮してくれるなら、いっぱい楽しんでね」

優しく言われて、さらにギュッとされた。

（うわああ……いい匂いっ……ミルクみたいな……）

ハッとした。

ちょっとだけ、胸のあたりが湿ったような気がしたのだ。

香緒里も違和感を覚えたのか、身体を離す。

すると、ニットの胸のあたりにシミがあり、乳首が浮き立っていた。

「あん……母乳が……また出てきちゃったわ」

慌てて香緒里がサマーニットの裾をつかんで、一気にまくりあげる。

（うっ、うわっ！　おばさんのおっぱい、デカっ！　小ぶりのスイカぐらいあるぞ）

圧倒されるほどのどっしりした乳肉。くすんだ色みの乳首と、巨大な乳輪が目の前に現れる。切っ先から白いミルクがこぼれていた。

大きすぎて、重量に負けて少し垂れ気味だが、それがまたエロい。

「うふっ……昨日みたいに吸ってみて」

言われて記憶がよみがえる。

「僕、昨日……」

「そうよ、私の母乳を吸ったのよ……ほら、早く……」

せかされるままに、顔を下げてチュッと吸った。

(甘いっ。真衣さんより甘くて、ねっとり濃厚だ)

人によって、こんなにも母乳というのは味が違うのかと驚きつつ、さらにヂュルルルと吸いまくる。

「あんっ……いいわ……ねえ、祐ちゃん、その体勢つらいでしょ。ここに頭を乗せたら?」

香緒里が正座してポンポンと、太ももをたたいた。

言われるまま、頭を膝枕のように太ももに乗せて母乳を吸うと、香緒里が左手を後頭部に入れてきて、まるで赤子におっぱいを吸わせるような体になる。

「んふふ。大きな赤ちゃんね。いいわ、祐ちゃん、もっとチュウチュウって吸ってちょうだい」

祐一はこくんと頷いて、思いきり吸った。

「ああんっ、上手よ、祐ちゃん。おっぱい吸い出すのってコツがいるのに……」

目を細めた香緒里は、妖しく笑みを浮かべつつ、右手を伸ばしてそそり勃った陰茎をとらえてくる。

「……っ」

ビクッとなり、あやうく乳首を嚙みそうになった。

（ミルクを飲みながら、チ×ポをシコシコされる……授乳手コキだ）

しゅわわわ、と濃厚なミルクを味わいながら、下腹部は熟女の手によってもてあそばれていた。

（おばさんのおっぱい……濃くておいしい……うう、それにチ×ポの扱いも、やばいくらいうまくて……ああ、おかしくなるっ）

気持ちよくて目を閉じた。

キス&手コキもすごくよかったが、母乳&手コキもたまらない。

「ああん、反対のお乳も吸ってね……そうよ、ううんっ……はあ、ああんっ……いいわ、好きにして、おばさんのおっぱい、祐ちゃんのものよ」

香緒里がミルクを吸われながら、感じたような甘い声を放っている。

（おっぱいを吸われると、やっぱりいいんだな）

真衣もそうだった。

よし、と気合を入れてさらに強く吸引する。

ヂュ、ヂュルル……。

音が立つほど勢いよく母乳を吸い出すと、

「んふぅん……祐ちゃん……はあんっ……いい、いいわっ」

正座している香緒里の腰が、いよいよ物欲しそうに動きはじめる。舌や口で硬くなった乳首を刺激するたびに、ビクッ、ビクッといやらしく痙攣するのだ。

(感じてる……おばさんっ……)

乳首を咥えつつ、うっすら目を開けて香緒里の様子を見る。

熟女は潤んだ瞳をこちらに向け、上品な唇を半開きにして、ハアハアと感じた吐息を漏らしている。

ぞくぞくするほどの色っぽい顔だ。

(ああ、おばさんって、こんなにエッチな顔をするんだ……熟女の感じたときの顔って、すげえ……いやらしすぎるっ……)

それに加えてだ。

さすがに経験豊かな三十四歳の人妻は、真衣よりもチ×ポの扱いがいやらしく、気を抜くと射精してしまいそうになる。

「くうっ……ううっ……」

香緒里の手コキのスピードが増すと、腰がぞわぞわして、もうつらくなって腰をもじもじとよじらせてしまう。

（そ、そんなにしたら……ホントに出ちゃう！）

それだけでもつらいのに、さらにガマン汁を噴きこぼす敏感な鈴口を、指でくりくりといじられたら、もう限界だった。

「あぁっ、お、おばさんっ……そんなの……だ、だめぇっ……」

目の前が真っ白くなり、腰が引きつる。

尿道が熱くなったと思った瞬間だ。

「くうう、お、おばさんっ……ご、ごめっ……」

謝ると同時に、鮮烈な刺激が脳天を貫いていた。

ドピュっと音がしそうなほど、精液が激しく爆(は)ぜていく。

「あああ……」

ゾクゾクとした痺れが全身を満たす。

もうどうにもとまらない。どくっ、どくっと精液が噴きあがるのを、ぼうっと見ていることしかできない。

やがて出しつくすと、香緒里の手は白濁で染まっていた。だけど、香緒里は汚したことを怒らずに、逆にうれしそうだった。

「あらあら、こんなにいっぱい出すなんて。うれしいわ。おばさんのおっぱいで、いっぱい興奮してくれたのね」

香緒里は祐一から離れて、枕元にあったティッシュに手を伸ばす。

その瞬間、四つん這いのお尻がこちらを向いた。

(うおっ。お、おばさんの……ヒップが……お、おま×こが……)

衝撃の光景だった。

ヒップ下部のピンクの媚肉が、透明な愛液でびっしょりと濡れていたのだ。

出したばかりだというのに、股間がもう硬くなってきた。

5

「あンっ」

四つん這いの香緒里のヒップに手を伸ばすと、彼女はビクンッとして、背をのけぞらせる。

「こら、もう……イタズラしないの」

肩越しに振り向いた香緒里が、めっと叱ってきた。だがすぐにその怒った顔は、驚きの相に変わる。

「……すごいわ。一度出しただけじゃ鎮まらないのね」

「ああ、だって……おばさんのお尻やアソコを見ていたら……」

香緒里は自分の手やシーツをティッシュで拭いながら、恥ずかしそうに言う。

「おばさんのお尻やアソコを見て？　あん、いやらしいわ……こんなおばさんのなんて、楽しくないでしょう？」

「そんなことない。すごくエッチだったよ。近くで見てもいい？　見たことなくて」

血走った目で言うと、香緒里はさらに頬を真っ赤に染める。

「ああん……祐ちゃんの目がすごくいやらしいわ……祐ちゃん、真衣さんのを見たんじゃないの？」

「それが……すぐに入れたんで……それに初めてだったから、緊張してちゃんと観察できなくて」

正直に言うと、香緒里は少し逡巡してから、

「……いいわ」

恥ずかしそうにしながらも、香緒里は「どうぞ」とばかりに、おずおずと四つん這いになって腰を突き出してくる。

すさまじい量感だった。

大きなハート形の桃が割れて、果実の汁をだらだらと垂らしているみたいだ。

（ああ、おばさんのお尻とおま×こ、エロすぎだよ。くううっ、匂いも……）

鼻先にくるのは、生々しく獣じみた匂いだ。

初めて嗅ぐエッチな香りにくらくらしつつ、ワレ目にそっと顔を近づける。

（すげえ……これが、おま×こなんだ……）

赤黒い肉厚の淫唇がわずかに開き、そこから、にわとりのとさかのようにびらびらしたものがハミ出している。

スリット内がもっとすごかった。

濃いピンクの媚肉がぬるぬるして、ぬめ光っている。蜜が奥からシミ出して、太ももまで濡らしているのだ。

「恥ずかしいわ。ごめんなさいね、私みたいなおばさんのもので……ねえ、ホントにいやじゃない？」

見られるのが恥ずかしいのだろう。

四つん這いの香緒里は震えながら、顔だけをこちらに向けているのだが、目の下をねっとり朱色に染めて、ときおりため息を漏らす。

「そんなことないよ……すごくいやらしくて、ドキドキする」

本音だった。

もっと言うなら、お尻の穴まで見えていて、上品な熟女のすべてを覗いたようで、めちゃくちゃ興奮した。

(僕、おばさんのエッチな部分をぜんぶ見ちゃってるんだな……)

見るだけではガマンできない。

そっと、スリットを指でなぞってみた。

「あっ……あっ……」

香緒里が震えて、うわずった声を漏らす。

くちゅっ、くちゅ……。

ドキッとするような水音がして、指先に粘着性の蜜がまつわりついてくる。

「ああんっ……は、恥ずかしいっ……ああん、祐ちゃんの指が……私の恥ずかしい場所を……」

息を荒らげつつ、犬のような格好の香緒里が腰をうねらせてきた。

（おばさん、い、いやらしいっ）

真衣もエッチだったが、それ以上に香緒里は淫らなのではないかと、期待に胸が高鳴る。

単純に身体の美しさでいったら、真衣が上だろう。

だけど、香緒里のムチムチした熟女ボディのいやらしさは、まだ二十七歳の真衣には出せないと思う。

脂が乗った完熟ボディや、三十四歳の熟女の濃厚な色香も素晴らしい。

たまらなくなって、さらに奥に指を入れていく。

「ああぁっ！　くっ……」

ぶるっと香緒里が尻を震わせて、唇を噛みしめた。

（これがおま×この中！　熱くて、ぐちょぐちょで、指がとけちゃいそうだ）

奥まで指を届かせる。

媚肉の入口が、指の根元をキュンキュンと締めつけてくる。

（ああ、これがおばさんの中なんだ……）

内部がぬるぬるして、柔らかな膣肉がソフトに指を包みこんでくる。

匂いが強くなってきた。

嗅ぐとチ×ポがズキンズキンと疼いてしまう。

「あんっ、いやっ……そんな奥まで指でまさぐっちゃ、だめぇ……ああんっ……」

香緒里の抗う言葉を尻目に、祐一は指を、ぬちゃっ、ぬちゃっと音を立てて出し入れしてみた。

すると、だめっ、と言いつつも気持ちいいのか、香緒里が、くなっ、くなっと大きなお尻をふっておねだりの様相を見せてくる。

（エ、エッチすぎるっ）

白いヒップが汗でぬらついている。

熟女の汗の匂いも、甘い体臭も、むせ返るようだ。たまらない。

「い、入れたいよっ……おばさんっ……セックスしたい」

素直に言うと、肩越しにわずかにつらそうな顔を見せた。

「祐ちゃん……」

罪悪感を覚えているのか。

だが香緒里はすぐに、とろけ顔になって、こちらを見つめてきた。

「おばさんと、したいのね……いけないことだけど、でも、おばさんもね、ガマンできなくなってるの……練習なんて言えないわね」

香緒里が背を低くして、おずおずと尻を突き出してくる。

（や、やった……！）

ついにちゃんと同意のうえで、香緒里とヤレるのだ。

興奮していると、香緒里が続けて言ってきた。

「ねえ……後ろからでもいい？　おばさん、祐ちゃんに顔を見られながらするの、すごく恥ずかしくて……子どもみたいに可愛がっていた子と、つながるんだから」

「えっ……バッ、バック？」

「そうよ。うふふっ……後ろからも恥ずかしいけど……でも、男の人は経験があんまりないうちは後ろからのほうがラクみたいよ」

さすが経験豊かな人妻だ。

（ということは、おばさん、いろんな体位でヤッたことがあるってことか……）

色っぽい熟女にヒップを向けられて、陰茎が脈を打つ。

（バックってラクなのかな……正常位で顔を見ながらしたかったんだけど、でもこのおっきなお尻を味わうなら、後ろからもいいかも）

抱えきれないくらいのデカ尻は、昔からエロいと思っていた。

それを味わいながら、ひとつになるのだ。

（い、い、いよいよ……おばさんとセックスするっ……）

タレ気味な優しい三日月の目。

つやつやの黒髪、上品な唇……そして熟女らしいグラマーで、ムッチリしたエロい身体……。

憧れの美人妻と身体を交わす。

興奮に身体が震える。

（酔って一度はヤッているけど……今度はしっかりと覚えておくぞ）

決意を胸に、四つん這いの香緒里のヒップに腰を押しつける。

大丈夫かなと心配していると、香緒里が挿入しやすいようにお尻をあげてくれた。

ワレ目の部分が、さらによく見える。

「い、いくよ」

ちょっと下のほうだよな、と腰を落として、切っ先を押しつけると、わずかに嵌まったような感触があった。

ここだと、グッと押しこんでいく。

（う、うわっ、は、入る！）

狭い穴を亀頭部が押しひろげていく感覚がある。

少し抵抗があったのは最初だけ。

びっしょり濡れているからか、あとはぬるぬると呑みこまれていく。

「あああ……っ。か、硬いわっ……ああんっ、祐ちゃんのが、入ってくるっ……」

後ろから貫かれた香緒里が、顔を跳ねあげる。

祐一も「くううっ」と呻いて、歯を食いしばった。

（おばさんのおま×こ……す、すげえ気持ちいい……）

真衣の膣はキツキツだったが、香緒里の中はとろとろと柔らかい。

例えるなら、真衣の媚肉はギュッとチ×ポを握ってくる感じだったのが、香緒里のはふんわりと握ってくる感じだ。

「ああんっ……すごいわっ……祐ちゃんのオチ×チンっ……硬くて、鉄の棒を熱したみたいっ」

香緒里が陶酔したような顔で、甘い呼気を漏らす。

「お、おばさんのおま×こも、柔らかくて、チ×ポがとけちゃいそうっ……ああ、おばさんとなんて夢みたい」

「んふっ。よかった……祐ちゃんとなんて……許されないことだけど、私もうれしいわ。おばさんの身体でよければ、いっぱい楽しんで。女の人っていいなって思ってちょうだいね」

「う、うんっ……じゃあ、う、動くよっ」

大きなお尻をつかみ、ググッと奥まで挿し入れた。

「んっ、ああっ……いやあんっ……そんな奥までっ……はあうんっ、祐ちゃんが……し、子宮まで届いちゃうっ」

言われてハッとした。

(また僕、ナ、ナマでセックスしてるっ)

不安になるも、さすがは人妻だ。

「祐ちゃん、いいのよ……心配しないで。おばさん……大丈夫な日だし、それに大人だからわかってるから。いっぱいしていいの……」

そう言われると安心感が増す。不安もなく、本能のままに激しく腰を動かした。

ぐちゅ、ぐちゅ……ぐちゅ、ぐちゅ……。

パンパンパンパン……。

「くうう、き、気持ちいいっ」

膣内がとろけるくらい心地よいのはもちろんだが、下腹部を大きなお尻にぶつけると、ぶわわんと弾力ある尻肉がはじき返してくるのも心地よい。

「んっ……すごいっ……はああんっ……祐ちゃんっ……」

肩越しに泣きそうな目で、香緒里が見つめている。

細い眉をハの字にし、うっとりした瞳がなんとも色っぽい。

「か、感じてる？　おばさんっ」

「あっ……あっ……うんっ……すごく感じるわっ……もっとしてっ」

その言葉どおりに、香緒里は感じすぎて手がつらくなってきたらしく、肘をベッドについてお尻を突きあげるような、女豹のポーズで打ちこみにたえている。

勢いのままに突けば、下垂した巨大な双乳がゆっさ、ゆっさと揺れている。エロかった。両手を伸ばしてその乳房を揉みしだくと、

「ああんっ……ああんっ……バックから突きながら、おっぱいっ……そんなにしたらっ……だめっ……あん、祐ちゃん、ミ、ミルクがっ……はあああんっ」

香緒里が切羽つまった声を漏らすのと同時だった。

乳房を握った指の隙間から、細い糸のような白い母乳が、ピーュッと勢いよく発射されてシーツを濡らしていく。

「あんっ……祐ちゃん……ごめんなさいっ、おばさんのお乳で……あっ……あっ……

待って、とまらないっ……お乳を搾るの、やめて……シーツが濡れちゃう」

香緒里が頭をもたげながら、イヤイヤをする。

「いいよっ、濡らしても……ぜんぶ出してっ……突かれながら母乳を搾られるって、そのほうがいいんでしょ」

自分が放った言葉に興奮した。

憧れの人妻を、まるで家畜のように辱めることに異常な興奮を覚えて、ストロークが激しくなる。

「い、いやっ……祐ちゃん、おばさんに恥ずかしいことさせると、興奮するの？　後ろから突きながら、ミルク搾りされるなんて……」

そう言いつつ、香緒里も興奮しているようだ。

身体が熱くなって汗まみれになっている。

「でも、おばさんも、アソコがすごく締めてくるよ。おばさんだってっ……ホントは恥ずかしいことをされると興奮しちゃうんでしょ」

香緒里は違うとばかりに頭を横に振る。

「ち、違うの……でも……あんっ……き、気持ちいいっ……ああんっ、もっと、突いて……た、逞(たくま)しいわ」

マゾっぽい興奮は否定するものの、高まる興奮は隠せないらしい。

乳房をいじられ、ミルクを搾られながらも、腰はいやらしく動き、柔らかな肉の襞（ひだ）が愛（いと）おしそうにペニスを締めつけてくる。

「あふっ……ゆ、祐ちゃん」

「おばさんっ……」

祐一は前傾し、肩越しに振り向く香緒里とベロチューした。

バックから突きながらのキスは体勢が大変だけど、もう関係ない。

汗もガマン汁も……体液がからみ合い、柔らかな肌がこすれ合う。

たまらなくなって、突いた。突いて突いて、突きまくった。

（ああ、ムチムチだ……ムチムチだよっ……おばさんっ）

豊満な熟女の肉体が、獰猛（どうもう）な若いオスの突進を受けとめてくれる。

これが熟女の包容力だと安心しきったまま、ミルク搾りの手に熱がこもっていく。

「はううん、祐ちゃん……おばさん、だめっ……もうだめっ……」

いよいよ香緒里も、とろけてきたようで、キスをほどいてヨガリ声を放つ。

こちらも限界だ。

「ううっ……僕も、もう……だ、だめだっ……おばさんっ」

祐一も叫んだ。

襲ってくる甘い陶酔感がふくらみ、腰が疼いてもうどうにもとまらない。

「あんっ、祐ちゃん……出したいのね。いいわっ。好きなときに、出していいのよ」

母乳を出しながら、香緒里が告げてくる。

その優しい許しを得て、祐一は欲望を解き放った。

「あっ……出るっ！　お、おばさんっ……くううっ」

奥まで突き入れたとき、一気に奥で爆発した。

「あふんっ……ハア……ハアッ……ああんっ……すごいわっ……熱いのが、子宮に注がれて……はああんっ……」

香緒里が中出しを受けて、甘い声を漏らした。

（ああ、僕……じわあって射精して……おばさんの中に注いでるっ）

至福だった。

やがて最後の一滴まで注ぎこみ、チ×ポを抜くと、白い体液が香緒里の穴から垂れてきた。

「ああんっ……ハア……こんなにたくさん中出しされたら……妊娠しちゃいそうね」

香緒里が汗ばんだ顔を向け、ドキリとするようなことを言う。

（確かにいくらなんでも、この量は……や、やばすぎ……）

しょげていると、香緒里がまた、頭を撫でてくれた。

「冗談よ。いいって言ったでしょ。おばさんは大人なんだから、こういうのも大丈夫だから」

ウフフと笑う香緒里は、いつもの優しい、いいお母さんだった。

見れば、まだおっぱいの先からミルクが垂れている。

「あ、おばさん、まだ母乳が……」

「えっ……あんっ……」

がっついて吸うと、とたんに香緒里の目が潤んで、またエロい熟女の顔を見せてくれる。

（エッチだ、おばさん……これほどまでに可愛くてエッチな人だったんだ……最高だよ）

チュウチュウと母乳を吸いながら、目を閉じる。

まるでセックスの疲れを癒してくれる、甘い栄養ドリンクのようだった。

第三章　ミルクまみれの巨乳

1

夜十時。

祐一は駅前のスポーツジムで、汗を流していた。

先日できたばかりで、今なら入会金のみで二カ月無料、というキャンペーン中だったために、ついつい申しこんでしまったのだ。

理由は……運動不足もそうだが、体力をつけようと思ったからである。

可愛い人妻たちと、もっといっぱいセックスしたい……そんな不埒（ふらち）な理由で、やってきたのだった。

（しかし……夜のジムって、女性が多いんだな……）

寝る前の涼しい時間がいいかなと来てみれば、あちこち女性ばかりだ。

ランニングマシンに乗ろうとすると、そこにも女性が何人かいた。

（おおっ……お尻がっ……揺れてっ）

Tシャツとショートパンツというエッチな格好で、かなりスタイルのいい女性が走っているお尻に目が向いた。

髪をポニーテールにしていて、腰のくびれが色っぽい。

Tシャツが汗に濡れて、肌に張りつき、ブラジャーの線が透けて見えている。

けっこう長く走っているのだろう。

むんむんと湯気が立ちそうな身体からは、汗の匂いだけでなく、甘い女の匂いが漂ってきそうだ。

（目の保養だなっ……あれ？）

見たことあるよな、と横から見ると、走っていたのはやはり真衣だった。

真衣は走りながら、こちらを見て「あら」と驚いた顔をして、声をかけてきた。

「ハアハア……祐一くんじゃないの。キミも会員だったの？」

苦しげに眉を寄せ、息を弾ませている表情がエロくて、ドキッとする。

「え、ええ」

緊張する。

というのも、真衣のママ友である香緒里とも身体の関係になったことを、当然のことながら伝えていないからだ。

「いっしょに走らない？」

「あ、はい」

言われて隣のマシンに乗り、ボタンを押して速度をあげていく。

ふいに横で走る真衣を盗み見た。

当然のように、激しく揺れるTシャツ越しのおっぱいに視線が向いてしまう。

（お、おっぱい……ゆ、揺れかた、すごいっ）

突きあげるほど形のいい美乳が、ぷるるん、ぷるるんっと、走るのに合わせて上下に揺れている。

いかにも柔らかそうなマシュマロおっぱいだ。

ブラをしているはずだが、そんなものはおかまいなしといわんばかりの乳揺れに、どうにも目が吸いよせられてしまう。

（ああ、このおっぱいを吸ったんだよな……また、吸いたいなあ）

思い出して、走りながらもムラムラしてしまう。

(真衣さん、あのときのこと……どう思ってるんだろ……一回だけなのかなあ)

二回目をおねだりしたいが、相手が人妻だということは百も承知で、自分から「またしたい」というのは気が引けるのだ。

「どのくらいのペースで来てるの?」

ハッ、ハッ、と息を整えながら、真衣が訊いてくる。

「えっと、週一か二ぐらい」

「そうなんだ。私もそれくらいかなあ……産後の体形を昔に戻したくて」

言われて「へ?」と素っ頓狂な声をあげてしまう。

「そんな、あんなにスタイルいいのに」

「ハアッ、ハアッ……あんなにって……」

真衣が汗ばんだ顔をさらに赤く染める。

祐一は「あっ」と思い、慌てた。

「い、いや、違うんです。その……」

「ウフッ……いいのよ。そうよねえ……ああ、そうだわ……私、ぜんぶ……見られちゃったんだった。うわあ、恥ずかしいわ」

意外とあっけらかんと言われて、祐一は戸惑いつつ尋ねた。

「そ、その……あのときは酔ってたから、覚えてないってこと……」

「しっかり覚えてるわよ。赤ちゃんみたいに、おっぱい吸ってきたことも」

おっぱいを揺らしながら、真衣がフフッと妖艶に笑う。

健全にスポーツジムでの淫靡な会話だ。

ちらりと後ろを見れば、真衣のことをうらやましそうに見ている男たちが、数人いるのに気がついた。

(まさか、僕たちがエッチな話をしてるなんて思わないだろうな)

こんな美人とセックスしたんだ、と思っていると、走りながら股間が熱くなってくる。運動しても性欲は減退しないらしい。

「あの……あれで終わりでしょうか……」

思いきって質問してみた。

真衣はウフフと笑みを漏らす。

「練習は一度だけ……」

「えっ？」

がっかりするも、真衣が続ける。

「なんて、ウソかな……練習させてあげるなんて、ただの言い訳。ホントはキミが可愛かったから」

真衣の言葉に、思わず足を踏みはずしそうになった。

慌ててボタンに手を伸ばして、マシンのスピードを落とす。

「あ、危なかった」

息を荒らげていると、真衣がクスクスと愛らしく笑っていた。

(ううっ、か、可愛いなっ……)

形のよいアーモンドアイが細められて、キュートだけど、いつもより親しみやすい表情になる。

女優ばりのオーラで、近寄りがたいほど美人なときもあるけど、こうして少女のように屈託なく笑うチャーミングな愛らしさに、ギュッとしたくなる。

「大丈夫？」

笑みを浮かべながら、真衣が尋ねてくる。

「は、はい……だって、その……真衣さんが、へんなこと言うから」

「へんなこと？　ウフフ、ホントのことよ……だから、祐一くんがもし、もっとしたいって言うなら」

「……へっ」

思わず揺れる胸を見てしまった。

またヤレる……という言葉が頭の中で渦を巻く。

すると、真衣が「しょうがないなあ」という顔で、ため息をついた。

「……やっぱりエッチ……でもしょうがないか、若い男の子だもんね……それにしても、そんなにじろじろ見て……ああんっ」

真衣が慌ててマシンをとめたので、祐一はどうしたのだろうかと思った。

すると、真衣のTシャツの胸に、じわっとシミができて、白っぽいブラジャーのカップが透けて見えた。

(えっ？)

驚いていると、真衣が自分の手をクロスさせて胸元を隠す。

ハッとした。

(そうか、母乳だっ。また、出てきちゃったんだ)

保育士として知識はある。

運動をしすぎると、血液のめぐりがよくなり、おっぱいが張ってミルクが出てきてしまうのだ。

真衣が恥ずかしそうにしているので、祐一は、

「と、とりあえず、シャワー室に行きましょう」

と提案した。

彼女が小さく頷いたので、祐一は寄り添うようにしながら、早足でシャワールームに向かう。

「ごめんね、あんまり運動しすぎないようにしようと思ったんだけど」

「い、いえ……それより早く着がえないと」

「うん」

ぴたり寄っていると、汗ばんだ身体から甘酸っぱい匂いがした。

(真衣さんの汗なら、舐めてみたくなる。やばいな、ヘンタイかな……僕……)

また股間が熱くなってくる。

更衣室兼シャワー室は男女に分かれていて、真衣がすっと女性用の更衣室を覗いてからまた顔を出した。

「ねえ、着がえ、あるんでしょ。持ってきて。今なら、誰もいないから」

「は?」

思わず素っ頓狂な声をあげてしまう。

「へ？　いや、だって女子更衣室……」

「いいから」

イタズラっぽく笑う真衣にぴしゃり言われ、祐一はわけもわからずに、換えのTシャツと短パンとパンツを更衣室のバッグから出して手に持ち、もう一度女子更衣室の前に行く。

真衣が入口からひょいと顔を出して、おいでと手招きした。

「い、いや、まずいですって、あっ……」

かまわずに、真衣は手を引いて祐一を女子更衣室に入れてしまう。

中はまったく男性用と同じつくりだ。誰もいないが、

（う、うわあ……いい匂いっ）

漂う匂いが甘ったるくて、むせ返るようだ。

「ま、真衣さんっ……あの、何を……」

戸惑うまま、手を引かれてシャワーブースに連れていかれた。

ジムにはシャワーブースが五つあり、ドアの前に脱衣できる小さなスペースがあって、カーテンを引けばまわりからは見えなくなる。

ひとり入るのがぎりぎりの小さな脱衣場で、真衣とくっつくように入り、カーテン

でまわりを囲われる。

甘い汗の匂いが鼻先に漂う。

真衣の汗ばんだ肌がくっついてきて、身体がカアッと熱くなる。

「あ、あの……何を……」

「だって、祐一くんもシャワー浴びるんでしょう。いっしょに浴びましょうよ」

「ええっ！」

刺激的な提案に、祐一がびっくりした声をあげると、真衣は人さし指を自分の唇に当てて、

「しぃーッ」

と、祐一を制してから、クスッと笑った。

「だって、走りながら、私のおっぱいじろじろ見て……しかも、ちょっとアソコをふくらませていたでしょ」

小声でズバリ、指摘された。

「い、いや……ごめんなさいっ。だって、真衣さんの、お、おっぱいが、走るたびにすごく揺れて……」

正直に言うと、真衣は上目遣いに見つめてきた。

「男の子って、ホント、おっぱい揺れるの好きよね。まあ、祐一くんなら、見られてもいいけど」

濡れた目が色っぽくて、鼓動を激しくさせていると、真衣に汗まみれのTシャツを脱がされた。

汗だくの裸だ。

臭いも汚れもひどいが、真衣はおかまいなしに今度は祐一の足下にしゃがむと、短パンとパンツも下ろしてくる。

「あっ！　ま、真衣さんっ」

脱がされた瞬間、勃起が露になった。

同時に、もあっと、汗まみれの陰茎のいやな臭いが鼻をついてくる。

「あんっ、すごい匂いっ……若い子の汗の匂いって、こんなに酸っぱいツンとくる匂いなのね。オチ×チンの汚れた匂いもすごいわ」

真衣にイジワルそうな目を向けられ、しかも、クンクンとわざと鼻息の音を立てて臭いを嗅いでくる。

「や、やめてっ……」

羞恥で身体が熱くなる。

臭いなんか嗅がれたくない……その一心で、手で隠そうとするものの、真衣はその手をつかんで引き剝がしてしまう。

「ま、真衣さん」

「ウフッ。隠しちゃだあめ。私ね、好きよ、この匂い。獣のオスって感じで、ドキドキしちゃう」

ポニーテールの人妻は、うっとりした表情で肉茎を眺めると、そっと手で根元を握りながら、顔を寄せてチュッと竿にキスしてきた。

2

(ええ！　汗臭いチ×ポに、真衣さんがチューを……)

足下で、美人妻が自分の男根を愛おしそうに見て、あろうことかキスしてきたのだ。

さらにだ。

真衣は濡れた赤い舌を差し出してきて竿を、ねろぅっと舐めてきた。

「うっ……ま、真衣さっ……」

声をあげてしまい、慌てて両手で口を塞ぐ。

「ウフッ、静かにして。誰か来たら困るわ」

真衣はイタズラっぽい目を向けながら、ポニーテールの髪をかきあげつつ、肉竿の根元から先端までを温かい舌で舐めあげた。

「うくく……」

ぞわっとした気持ちよさに、腰がとろけそうになる。

ねろっ、ねろっ……。

舌で舐められる心地よさもそうだが、汗まみれの男の性器をアイスキャンディーのようにいやらしく舐める、清楚な人妻の姿に猛烈に興奮する。

「あんっ……ビクビクって震えて……ウフフ。いいのね」

潤んだ瞳を向けられると、もうドキドキがとまらない。

（まさか真衣さんが、チ×ポを舐めてくるなんてっ……）

それだけでもジーンと感動していた。

だが、次の瞬間……もう頭が真っ白になった。

（ま、真衣さん！　ウソ、ウソだろう……？）

狼狽えた。

本気で狼狽えた。

というのも、真衣が大きく口を開けて、汗まみれのペニスを咥えこんだからだ。

（な、なっ……ああ……汚れた僕のチ×ポを口の中に入れちゃうなんてっ……）

清楚で大人可愛い、女優ばりの美人ママだ。

そんな人が女子更衣室の一角で、旦那以外の男のチ×チンをしゃぶりはじめたのだから、いてもたってもいられない。

「ま、真衣さんっ……洗ってないのに……」

申し訳ない気分になる。

だが、真衣はちゅるっと肉竿を吐き出すと、

「ウフッ……若い男の子の味、おいしいわ。いいのよ、祐一くんのなら……おしゃぶりしたくなっちゃったんだもん」

甘えるように言いながら、また頬張ってくる。

「くっ！」

あまりの気持ちよさに、天井を仰いだ。

柔らかな、ぷくっとした口唇が甘く締められて、表皮をぬちゅ、ぬちゅと滑ってこすられる。猛烈な快美にお尻の穴までぞわぞわする。

（ああ、これがフェラチオ……こんなにいいんだ）

夢心地だった。

「んふっ……んううんっ……んんうん……」

真衣はしゃがんだまま、鼻息を漏らして顔を打ち振ってきた。

「あ、あ……」

たっぷりとした唾液でねろりとしゃぶられ、さらには咥えながら、敏感な鈴口も舐められる。

（お、おしっこする穴までっ……舌でぺろぺろされてるっ……汚いのにっ……）

そんな行為をしてくれるということだけで興奮した。

（と、とろけそう……）

祐一はシャワーブースの戸を握りしめ、しゃがまないように必死にふんばるも、真衣のねっとりフェラチオが気持ちよくて、何度もがくっと落ちてしまいそうになる。

（ああ、す、すごすぎるっ……）

女性の舌や唇で愛撫されるのも気持ちいいのだが、フェラチオは見た目や気持ちが素晴らしい。

自分の股ぐらにしゃがんで、従わせている。

加虐心がくすぐられる。

早くも出そうになり、祐一は小声で訴えた。

「あっ……くうう……だ、だめっ、ですっ」

「何がだめなの？」

真衣は肉竿をちゅるっと吐き出してから、イタズラっぽく笑った。

「ウフフ……出ちゃいそうなんでしょう？」

こくこくと頷いた。

「可愛いわ……」

だめだという言葉を無視して、また真衣はおしゃぶりを続ける。

「えっ……ちょっと……くわあああ！」

今度は根元まで咥えられ、カリの部分をペロペロされた。

（き、気持ちよすぎ……魂、抜ける……）

見下ろせば、ポニーテールの人妻のＴシャツの胸が、汗でブラジャーを透かしながら揺れている。尻をランニングシューズの踵(かかと)の上に乗せているのだが、そのヒップが物欲しそうに揺れている。真衣も舐めながら感じているのだ。

「んふっ」

咥えながら見あげられる。

クリッとした目が、いやらしく細まっていた。

(真衣さん……すっごいエッチな顔……)

もう一刻も辛抱できなくなってきた。

(で、でも……このままじゃ、真衣さんの口の中にザーメン出しちゃう。あんなドロドロした生臭い精液を……)

いけない、と思いつつも「出したい」という欲望も芽生えてくる。

真衣の口中に出したら、彼女はどんな顔をするんだろ。

(きっと目を白黒させて……すごくつらい顔をするだろうな……)

想像しただけで、チ×ポがビクビクした。

「んううっ……」

真衣が眉をひそめて、こちらを睨む。

おそらく口の中で、ペニスがふくらんだのだろう。

「あっ、す、すみませ……おおうっ」

思いきりのけぞった。

というのも、真衣が、じゅぽっ、じゅぽっ……といやらしい音を立てながら、激しく紅唇をすべらせてきたのだ。

「そんなに激しくしたら……ああ、も、もう出るっ」

真衣の頭を持って抜こうとした。

だが、彼女は小さく頷いて、さらに肉竿を舐めしゃぶる。

(出していいってこと……？)

身体がゾクッと震えた。

「本気で、だ、出しますよっ」

真衣がまた頷き、根元まで咥えこんだときだ。

「くっ！」

祐一は歯を食いしばりながら、ぶるるっと震えた。

先端から白濁が飛び散った。

(ああ、真衣さんの口の中に……おしっこするみたいに射精してるっ！)

真衣は出された瞬間、

「ンンッ！」

と、大きく目を見開くも、それからすっと目をつむり、こくっ、こくっと喉を小さく鳴らして精液を嚥下してくれた。

(うれしいな……飲んでくれてる……)

至福の射精が終わる。真衣はようやく口を離し、ハアハアと息を弾ませた。

「すごいいっぱい出したのね」

口元を拭いながら、真衣が言う。

わずかに栗の花のキツい臭いが漂う。

「あ、あの……あれって、おいしいんですか？」

うれしくて、思わず尋ねてしまった。

すると、真衣はちょっとへそを曲げた。

「おいしくなんかないわよ。なあに人を淫乱みたいに……あなたが飲んでほしそうだったから、してあげたのよ」

小声で非難された。

「す、すみません」

しょげると、彼女は立ちあがって耳元に口を寄せてきた。

「ウフッ……ホントのこと教えてあげるわ。祐一くんの精液、すごくねばっこくて苦くて……最悪なのよ……でもね……好きな男の子のは飲みたくなるのよ」

「え？」

聞き返すと、真衣はまた小悪魔フェイスで、大きな目を三日月にした。

「さあ、シャワー浴びちゃいましょ」

真衣はそう言うと、自分の汗ばんだTシャツに手をかけて、一気にまくりあげた。

（うわっ……）

白いスポーツブラの胸の頂点が、母乳でぐっしょりと濡れている。

それを見た瞬間、またググッとイチモツがそり返る。

3

「やだ……母乳がシミ出て……ぐっしょり……」

真衣は恥ずかしそうにしながらも、母乳で濡れたスポーツブラをはずし、さらに汗まみれのショートパンツとパンティも下ろしてフルヌードになった。

（おううぅっ）

均整の取れた人妻ボディに、目がチカチカした。

先日のラブホテルでは、服をまとった状態だったから、一糸まとわぬ真衣の姿を見たのは初めてだ。

（す、すげえ……おっぱいとお尻はこんなに大きいのに、全体はほっそりして……腰

のくびれもあって……ボン、キュッ、ボンって、こういうことだよな)

ツンと上向いたFカップはあろうかという美乳と、意外なほどムチムチしている太もも、ぷりんっとしたお尻。男好きするエロい身体だ。

「ウフフッ。いつまで見てるの。早く汗を流さないと風邪引いちゃうわよ」

お姉さんぽい言いかたで、真衣がシャワーにうながした。

真衣はボディソープを手に取ると、狭いブースの中で立ったまま、ほっそりした指で祐一の身体を撫でまわす。

「ひゃっ、ちょっと……」

「いいから……あンッ……ウソっ……もう?」

真衣はシャボンをつけた手で、祐一の腕や腋の下をこすりつつ、下を見て驚いた顔をした。

「信じられない……若い男の子の快復力ってすごいのね」

「だって……真衣さんの裸を見てたら……」

素直に言うと、真衣がニッコリと笑顔になる。

「私の裸……そんなにいい?」

「それはもう、だってすごくて……グラビアのアイドルなんかよりも、うっ!」

言っている途中で抱きつかれ、桃色の唇を重ねられた。

「ウフッ……うれしいこと言うのね。サービスしてあげる」

裸の真衣がギュッとしてきた。

まだソープの残る身体に乳房がぐにゅっと押しつけられる。それだけでなく、身体を揺すってくるので、ぬるぬるすべって心地よい。

陶然としていると、真衣が首の後ろに両手をまわしてきた。

「いいでしょう？　おっぱいで身体を洗われるって。男の子の夢じゃないの？」

さすが人妻。

男の悦ぶことを知っている。

「ううっ……あ、あの……どうしてここまでしてくれるんですか」

こんな美人ママが筆下ろししてくれたことや、汗まみれのチ×ポを咥えてくれたことが、どうしても信じられないのだ。

「ンフっ……可愛いって言ったでしょ。それとね……」

そこまで言って真衣は頰を赤らめつつ、続きを口にする。

「それと私、子どもを産んでから……すごく感じやすい身体になっちゃって……なのに旦那はかまってくれないし……だから、ひとりでする回数も増えて」

「ひとり……あっ！」

慌てて口をつぐんだ。

（オ、オナニーのことだ。真衣さんって、子どもを産んでからひとりエッチする回数が増えちゃったんだ）

ドキドキしていると、真衣が睨んできた。

「そこはすっと流してよ。でも、だからって誰でもよかったってわけじゃないのよ。祐一くんだから……」

またキスしてきた。

唇を離し、えへへ、と照れる人妻が、可愛いらしくて仕方がない。

「私、チューするの好きなの。もっとしよ」

ンフッ……と笑みをこぼしながら、また美貌が近づいてくる。

「……うんんっ……」

もう、遠慮はいらない。不安もない。

祐一も思いきって、ベロを伸ばす。

すぐに、ねちゃ、ねちゃっと唾液のからまるディープキスになり、狭いシャワーブースの中で愛し合った。

「ま、真衣さんっ」

祐一はブースの壁に真衣を押しつけると、本能的に真衣の片方の太ももをつかんで大きく脚をひろげさせる。

「あっ、な、何……」

片足立ちになった真衣は、慌てて祐一の首に手をまわして、しがみついてきた。祐一は焦った顔をしながら、真衣を見た。

「もうガマンできないんですっ」

鼻息荒く言うと、真衣が笑った。

「大丈夫？　立ったままできる？」

「わ、わからないですけど、真衣さんは？」

「つらいけど、大丈夫よ……んふっ……私も欲しくなってる……」

媚びた目をした人妻に興奮し、腰を落として切っ先で亀裂をなぞる。

（ここだ……うわっ……ぬるぬる……）

小さな穴のまわりが、まだシャワーを浴びてないのに、ぐっしょり濡れている。

欲しがっているのだ。

昂ったままに、一気に腰を押しつけていく。

「はああんっ！」

真衣が大きくのけぞった。

亀頭がワレ目に埋まり、押しひろげた結合部から、ねっとりした蜜があふれてくる。

「くううっ」

祐一もあまりの気持ちよさに、腰を震わせる。

煮えたぎるような熱を帯びた蜜壺の中、襞がペニスに吸いついてくる。

「ああんっ……祐一くんの、入ってきた……やっぱり大きいっ」

せつなげに眉根を寄せ、潤んだ目を細める。

立ったまま、片足をあげさせた不自由な結合だが、そんなつらい姿勢などおかまいなしに腰を振っていく。

「はああんっ……き、来てるっ……奥まで……ああんっ……いや、いやっ……」

いやと言いつつ、真衣も腰を動かしてきた。

「ああ、そ、そんなにしたらっ」

祐一も負けじと腰をまわす。

「いい、いいわ……」

目の前で巨乳が揺れている。

手を伸ばして揉みしだくと、ピューッと白いミルクが噴きあがる。

「ああんっ……だめっ……おっぱいがっ、おっぱいがっ……はああんっ」

恥ずかしいのだろう。

真衣は真っ赤になってイヤイヤをするも、その態度とは裏腹に母乳はさらにあふれ出していく。乳首をキュッとつまめば、細い糸のようなシャワーが、真衣や祐一の裸体やらブースの壁に降り注ぐ。

（いっぱい出る……）

祐一は身体をまるめ、チュウチュウ吸いながら腰を振る。

そのときだ。背後でドアの開く音がした。

（だ、誰か来た！）

腰をとめて真衣を見る。

彼女も息をひそめて祐一を見ていた。

（まずいな……このまま動かないでおかないと……）

と自制するのだが、真衣の中に入ったまま動かないのはつらすぎた。

まだごそごそと音がするなかで、祐一はそっと腰を動かした。

「……っ」

何をしてるの、という顔で真衣が睨んでくる。

「す、すみません、で、でも、もう……」

小声でささやきつつ、片足をあげている真衣の奥を貫いた。

「あんっ……」

真衣の甲高い喘ぎ声が漏れ、祐一は慌てて手で真衣の口を塞いだ。

「ンッ！　んううんっ」

今はだめ、とばかりに真衣は顔を横に振る。

だが口を塞がれた美人妻というのも、ちょっと被虐的で興奮が増した。

「す、すみませんっ」

腰を振った。

「ンッ！　ンッ！」

紅潮した顔で、真衣はくぐもった悲鳴を漏らす。

眉をひそめた泣き顔が、無理やりに襲っているみたいで興奮し、さらに腰を振りながら母乳を吸いあげる。

「ンンンンッ」

おっぱいが張っているのか、ミルクの出がよい。

白いミルクで身体中がべとべとする。

だが、それがいい。

「むうう！」

真衣がまたイヤイヤをする。

それでも渾身の力で立ったまま真衣を犯す。

甘い母乳のついた身体をひたすら舐めて、遮二無二、腰を打ちこんだ。

カーテンの向こうで音がしない。

なんだか、様子が変だとうかがっているような気がする。

だが、かまわず打ちこんだ。

すると、真衣が祐一の手を引き剝がし、

「だ、だめっ……」

と、頰をピクピクと痙攣させながら、うわずった声で訴えてくる。

「だめって……」

訊くと、真衣はうるうるした瞳を向けてきて、

「……イッちゃいそう……」

「えっ？」

もう一回、耳を近づけた。

真衣は唇を近づけて、

「だめっ……もう……イッちゃうから……お願いっ」

甘い声で言われて、もう頭が爆発した。

（イク……イクッてホント？）

猛烈に昂った。自分が女性をアクメさせようとしているのだ。

「イッ……イッてくださいっ……」

「いやよ。こんな場所でなんて……恥ずかしいわよ。それにイクとき、私、ぜったい声が出ちゃうんだから」

ちょっと涙目だ。

それだけ切羽つまっているのだ。きっと本気でイキそうなのだ。

「じ、じゃあ……口を塞ぎますから、イクとき……」

「だから、人がいなくなったらって……」

執拗（しつよう）にいやがる真衣にキスしながら腰を振る。

「ンッ！　ンンッ……ンうんっ……」

いやがりつつも、次第に積極的に真衣から濡れた舌を激しくからめてくる。

たまらなくなって、さらにしつこく連打を繰り返す。

母乳まみれの、いやらしい交わり。

たまらない、とばかりに突き入れたときだ。

「ン！」

深いベロチューしながら、真衣がガクンガクンと痙攣し、今までになく膣がギュッと力強く締まる。

(もしかして、真衣さん、イッた？　うわっ、搾られる！　で、出るっ)

抜こうとしても間に合わなかった。

ゾクゾクした興奮のなかで、どぴゅっ、どぴゅぴゅぴゅ……と頭の中で音が響くほど、勢いよく真衣の中に注ぎ入れてしまうのだった。

4

午後四時。

いつもどおり、保育園の待機部屋に、次々とママがお迎えにやってくる。

ママ友と話していると、真衣もやってきた。

（ま、真衣さん……）

顔が熱くなる。

当然だった。

昨晩、深夜のジムの女子更衣室で中出ししたのだ。

真衣はほかのママたちの目を盗み、こちらをちらりと見てから、恥ずかしそうに目をそらした。

（意識してる……なんかもういい感じだぞ）

相手は人妻だというのに、深みに嵌まってしまっている。

女優ばりの麗しいママ。

今も、白いニットにピンクのフレアスカートという清楚で可憐な奥様で、でもその奥様のすべてを知っていると思うと、ニヤついてしまう。

「ウフフ。じゃあ、先生……またジムで」

すれ違うときに真衣が頬を赤く染めてささやき、子どもを抱っこして帰っていく。

（またジムでって……い、いいのかな）

ニヤニヤしていると、入れかわりに入ってきたのは里帆だった。

里帆は帰ろうとしている真衣を引き留め、言葉を交わしてからこちらに近づいてきて、クリッとした大きな黒目がちな瞳を向けてくる。

「祐一、なーんか最近、真衣さんと親密じゃない？」

ギクッとした。

「そ、そんなことないですよ」

ここは狼狽えたらだめだ、と平静を装う。

ちょうど里帆の息子の拓也がとことこやってきたので、里帆はしゃがんで、よしよしと頭を撫でてあやしている。

（……性格は悪いけど、でも……里帆さんもいいよなあ……）

真衣のフルヌードを見てしまった今、里帆のスリムなスタイルも拝んでみたくなってしまう。

自分と同い年の若いおっぱいは、もっと張りがあるのだろうか。

母乳の出方や味も違ったりして。

とか、ちらちらTシャツの胸を見てしまったら、里帆が下から睨んでいて、びくっとした。

「まーた、おっぱい見てたでしょ。真衣さんと比べてんのかな。ん？」

まわりのママたちがクスクス笑うので、恥ずかしくて顔が熱くなる。

「そ、そんなことしてませんよ」

「どーだか。それよりも、あたしの見たいなら、もっとばっちり見られるイベントがあるんだけど」

なんだと思っていたら、里帆はスマートフォンの画面を見せてきた。

プールの写真である。

「温水プール。安くなるチケットもらったの。ママ友たちと行こうと思ってたんだけど、祐一も来たら？　水着だよ水着。ビキニだし。来週の水曜は保育園休みでしょ」

まさかのお誘いだ。

ちょっと照れてしまう。

「でも、ふたりっきりというのは……」

「いつふたりっきりって言ったのよ。真衣さんにもさっき訊いたけど、オーケーだって」

いいことを聞いた。

里帆と真衣の水着姿なら、いくらでもお金を払いたい。

「じゃあ行きますけど、その……けっして水着目的では……」

「往生際が悪いねえ。いいじゃゃん、目の保養」

里帆が胸を突き出してきた。目のやり場に困っていると、また笑われた。

そんなときだった。

「あら、里帆ちゃん、今日は早いのね」

話していると、香緒里がやってきた。

「あ、香緒里さん、ねえ、いっしょにプール行かない？」

「え？　私？」

香緒里が戸惑った声を出すも、里帆から説得されると、渋々とオーケーを出してしまうのだった。

5

「困ったわねえ、プールなんて……」

香緒里がデパートの水着売場で、何度目かのため息をついた。

里帆がプールに誘ってきた次の日のこと。

「水着がないから、買いに行くのにつきそってくれないかしら。今の流行とか知らないし」

と、香緒里に誘われたのだ。

つい先日まで童貞だった祐一が、女性の水着の流行なんて知るわけがないが、香緒里の水着姿をひと足先に見られるかも、ということで即答した。

ちなみに旦那さんは娘とふたりで遊びに出かけたらしいので、夕方までは時間があるとのことだ。

「どれがいいのかしらねえ。里帆ちゃんは、せっかくなら派手なものがいい、とは言うけど、やっぱりこんなおばさんが、そんな水着なんて、ねえ……」

香緒里は困った顔をしながら売場の水着を手に取った。

（おっ！　いいいっ）

面積の小さな花柄のビキニだ。

香緒里が身につけたのを想像してしまい、くらっとした。

（そんな水着をつけたら……おばさんなら、おっぱいやお尻が水着からハミ出ちゃうよ。エッチすぎるっ）

だけど着てもらいたいから、祐一は大きく頷いた。

「おばさん、スタイルいいから、そのビキニも似合うと思うよ」

顔を真っ赤にして柄にもなく言うと、香緒里がちょっと驚いてみせる。

「祐ちゃんがそんなこと……お世辞であってもうれしいわ」

「ホ、ホントにおばさん、キレイだよ」

きっぱりと言ってしまって恥ずかしくなる。

でも、本音だった。

香緒里は大人の色香がムンムンと漂い、スタイルもグラマーで、歩いているだけで男の目を引く。

「うふふ。うれしいこと言うのね。祐ちゃんは見たいのかしら、おばさんのビキニなんて」

三日月の優しい目が、ちょっと色っぽく細められる。

もちろん、と頷くと、

「じゃあ、着てみるだけね」

香緒里ははにかんで、試着コーナーに向かう。

祐一はいっしょについていき、カーテンの閉められた試着ルームの前で待っていた。

カーテンを隔てた向こうで衣擦れの音がして、カーテンの隙間を見れば、ぱさりとスカートとブラウスが落ちて、香緒里が屈んでそれを拾うのが見えた。

(この向こうで、おばさんが今、何も身につけずに……)

股間がググッと持ちあがってしまう。

ドキドキしている間に、カーテンが少し開いて手招きされた。

(え？)

まわりを気にしつつ、カーテンをめくり、狭い試着室に入った。

「すげ……」

思わず声が出た。

それほどまでに熟女のビキニ姿が刺激的だったのだ。

ビキニブラの胸はざっくり開き、乳肉が半分くらい見えて、今にもこぼれそうだ。

そしてビキニショーツもきわどい食いこみで、ワレ目が見えてしまいそうである。

(ああ、おっぱいもお尻も、おま×こも見えそうっ……)

落ち着いた淑女だからこそ、過激な水着姿のギャップがすごくて目が血走ってしまう。

「やだっ……そんなジロジロ見て……やっぱり恥ずかしいわ」

「だって、見るよ……すごくセクシーで……ああ、おばさん……」

ふらふらと抱きしめてしまうと、香緒里からもギュッとしてきて、顔を近づけて唇を重ねてきた。

ってていく。


「んっ……ううんっ……」

当然のように舌を挿し入れられる。

「う、うむっ……んううん……むぅん」

いやらしい鼻声と、淫靡な唾液の音が響き、試着室の中は甘い匂いでいっぱいにな
っていく。

ベロチューをほどいた香緒里が、クスクス笑った。

「うふっ、上手になったんじゃないの？　祐ちゃん」

「そうかな？　でも、もっと練習したいよ」

わざと聞き分けのない子どものように言うと、香緒里は、

「もうっ……」

と、口をとがらせる。

「いいわ。でも、ここじゃあね……とりあえず出ましょ」

香緒里が水着の背を向ける。取ってほしいということだと思い、ビキニブラの背中
のホックをはずしてやる。

「この水着で決定ね。僕がプレゼントするから」

祐一がそう言うと、香緒里が驚いた顔を見せた。

「ええ？　そんなのだめよ……あん、もう……そんなうれしそうにプレゼントなんて言われたら、断れないじゃないの」

プールのときに絶対に着てねと念を押し、試着室から出る。

出たとき、店員の女性がすっと祐一から目をそらしたので、もしかするとエッチな音が聞こえたのかも、と思ったが、まあいいかと苦笑した。

6

「はあんッ……」

祐一は香緒里のビキニブラを剝ぎ取り、たわわなおっぱいを揉みしだく。

「やだ、もうっ……こんなに早く脱がすなら、わざわざ水着にならなくてもよかったじゃない」

香緒里が熱い吐息を漏らしつつ、困った顔をする。

試着室での濃厚なキスで盛りあがったふたりは、近くのラブホテルに入った。

そして、ホテルの部屋に入ってから、祐一は香緒里に、

「さっき買った水着でエッチしたい」

と頼みこんだのだった。

「だって……興奮するんだもん、部屋の中で水着にさせるって」

祐一は、目の前で揺れるGカップのバストを手でひしゃげながら、チュウチュウと乳首を吸いあげた。

「ああんっ……いきなりそんな強く吸って……いやっ、もうっ……」

三十四歳の熟女が恥じらい、赤面する。

祐一は、おっぱいをしゃぶりながら、さらに煽る。

「それに今度の水曜日、おばさんが、みんなの前でこんなエッチな水着を披露するんだと妄想すると、もうたまんないよっ」

意地悪く言うと、香緒里が眉をひそめて見つめる。

「ああん、ホントにこれを着るの？　真衣さんや里帆ちゃん、それに大勢の前でこのエッチな水着をつけるなんて……ああんっ……ああっ……ああっ」

乳首を責められつつ、同時に言葉で辱められるという行為が興奮するのか、香緒里はいつもよりも甲高い声を大きくして、身体をくねらせる。

（くうう、おばさんっ、可愛いな……もっと辱めて感じさせたい）

ねろねろと舌で乳首をいじりながら、祐一はニヤッと口元をほころばせる。

「だめだよ、おばさん。絶対に着てね。楽しみだよ。そのときに、ちょっとイタズラしてもいい？」

してみたいことを素直に言うと、香緒里が困った顔をする。

「祐ちゃん……この前まで女の人を知らなかったのに、そんなにすぐエッチなこと言えるようになったのね。もう練習はいらないんじゃない？」

「そんなことないよ。セックスの練習をして、もっとおばさんを気持ちよくさせてあげたい」

本心だった。

香緒里を組み敷きつつ、まっすぐに見る。

ビキニショーツを身につけただけの、色っぽい身体つきの熟女は、タレがちの柔和な目をさらに細める。

「うふっ。いいわ……恥ずかしいけど……祐ちゃんのためなら」

顔をそむけつつ、香緒里は両手でビキニショーツの細くなったサイド部分をつかむと、恥ずかしそうにゆっくりと下ろしていく。

（わ、わ……）

熟女の一糸まとわぬ豊満ボディに、ドキドキが強くなる。

真衣よりも身体つきはボリューミィーだ。柔らかそうで、完熟したフルーツのようである。

手を伸ばして抱きしめると、

「あんっ、待って……ねえ……」

と、香緒里はうっとりした目で見つめている。

「してみたいことあるかしら、おばさんの身体で」

息がつまるほど刺激的な台詞を口にされて、頭が熱くなる。

「えっ……い、いいの？」

「だって、練習でしょ。おばさんも恥ずかしいけど、祐ちゃんが大人になるのを手伝えるなら……」

ごくっと唾を飲んだ。

まじまじと豊かな熟女の下腹部を見ながら、口を開く。

「お、おま×こ……おま×こ、舐めてもいい？」

ストレートに言うと、香緒里の耳まで赤くなった。

「やっぱりそうよね。男の子なら、そこに興味を持つのは当然よね」

ふうっと甘い吐息をつむぎ、香緒里は仰向けのまま、おずおずと太ももを開いてい

101-8405

書籍のご注文は84円
アンケートのみは63円
切手を貼ってください

東京都千代田区神田三崎町2-18-11

二見書房・M&M係 行

ご住所 〒
TEL - - Eメール
フリガナ
お名前 （年令 才）

※誤送を防止するためアパート・マンション名は詳しくご記入ください。

22.10

愛読者アンケート

1 お買い上げタイトル（　　　　　　　　　　　　　）

2 お買い求めの動機は？（複数回答可）

□ この著者のファンだった　□ 内容が面白そうだった
□ タイトルがよかった　□ 装丁（イラスト）がよかった
□ あらすじに惹かれた　□ 引用文・キャッチコピーを読んで
□ 知人にすすめられた
□ 広告を見た　（新聞、雑誌名：　　　　　　　）
□ 紹介記事を見た（新聞、雑誌名：　　　　　　　）
□ 書店の店頭で　（書店名：　　　　　　　）

3 ご職業

□ 学生 □ 会社員 □ 公務員 □ 農林漁業 □ 医師 □ 教員
□ 工員・店員 □ 主婦 □ 無職 □ フリーター □ 自由業
□ その他（　　　　　　　　　）

4 この本に対する評価は？

内容：□ 満足 □ やや満足 □ 普通 □ やや不満 □ 不満
定価：□ 満足 □ やや満足 □ 普通 □ やや不満 □ 不満
装丁：□ 満足 □ やや満足 □ 普通 □ やや不満 □ 不満

5 どんなジャンルの小説が読みたいですか？（複数回答可）

□ ロリータ □ 美少女 □ アイドル □ 女子高生 □ 女教師
□ 看護婦 □ ＯＬ □ 人妻 □ 熟女 □ 近親相姦 □ 痴漢
□ レイプ □ レズ □ サド・マゾ（ミストレス） □ 調教
□ フェチ □ スカトロ □ その他（　　　　　　）

6 好きな作家は？（複数回答・他社作家回答可）

（　　　　　　　　　　　　　　　　　　）

7 マドンナメイト文庫、本書の著者、当社に対するご意見、
ご感想、メッセージなどをお書きください。

ご協力ありがとうございました

↓ この線で切

●隣のお姉さんはエッチな家庭教師[21002 720円]
【阿里佐 薫】(ありさ・かおる)
●母乳しぼり わいせつミルクママ[22005 720円]
【綾野 馨】(あやの・かおる)
●AI妊活プロジェクト 僕だけのハーレムハウス[22120 720円]
●アイドル姉と女優姉 いきなり秘蜜生活[21161 740円]
●両隣の人妻 母乳若妻と爆乳熟妻の完全奉仕[21050 720円]
●ハーレム・ハウス 熟女家政婦と美少女と僕[20121 719円]
●【連鎖相姦】義母+姉 淫欲のハーレム[20036 719円]
●熟母と隣の未亡人 二人のママと……[19109 694円]
●幼馴染みと純真少女 エッチなおねだり[18157 722円]
●ハーレム下宿 美熟女と美少女と僕[18017 713円]
【鮎川りょう】(あゆかわ・りょう)
●秘湯の巨乳三姉妹 魅惑の極上ボディ[22072 720円]
●田舎の未亡人教師 魅惑の個人レッスン[21126 720円]
【石神 珈琲】(いしがみ・こーひー)
●幼馴染みに無理やり女装させられたら覚醒しちゃったんですけど[21086 720円]
【イズミ エゴタ】
●人妻同級生 憧れの誘惑体験[18124 722円]
●ハーレム不動産 美人女子社員だらけの営業所[17184 713円]
【伊吹 泰郎】(いぶき・やすろう)
●男の娘いじり 倒錯の学園祭[22104 720円]
●快楽温泉 秘蜜のふたり旅[22004 720円]
●流転処女 時を超えた初体験[21105 720円]
●クソ生意気な妹がじつは超純情で[21019 720円]
●剣道部の先輩女子 放課後のふたり稽古[20138 719円]
【上田 ながの】(うえだ・ながの)
●女体開発 闇のセックス体験講座[22086 720円]

●女体化変態絶頂 闇のイキ果てアイドル[22037 720円]
●魔改造 淫虐の牝化調教計画[20139 705円]
●悪魔の治療室 禁断の女体化プログラム[19017 694円]
●奴隷契約 恥辱の女体化ペット[17134 686円]
【佐伯 香也子】(さえき・かやこ)
●上流淑女 淫虐のマゾ堕ち調教[21142 720円]
●奴隷花嫁 座敷牢の終身調教[20175 819円]
●秘儀調教 生け贄の見習い巫女[20050 719円]
【桜井 真琴】(さくらい・まこと)
●分校の女教師[22095 720円]
●内閣〈色仕掛け(ハニートラップ)〉担当局[21155 740円]
●灰色の病棟[21061 720円]
●女性社長 出資の代償[21013 740円]
●七人の人妻捜査官[20115 719円]
●人妻 夜の顔[20063 719円]
●下町バイブ[19029 722円]
●人妻 交換いたします[18118 722円]
●彼女の母と…[18043 722円]
【沢渡 豪】(さわたり・ごう)
●清楚アイドル蟻地獄[18001 694円]
【東雲にいな】(しののめ・にいな)
●俺の姪が可愛すぎてツライ[22071 720円]
【鈴川 廉平】(すずかわ・れんぺい)
●孕ませ性活 熟乳ママと悪魔のような少年[21021 720円]
●美母と二人の若叔母を寝取られた僕[19127 694円]
●寝取られ義母 禁断の三角関係[18031 686円]
【澄石 蘭】(すみいし・らん)
●僕専用ハーレム女子寮 ナマイキ美少女に秘蜜の性教育[22070 760円]

●処女の甘い匂い [illegible]
【津村 しおり】(つむら・しおり)
●青春R18きっぷ 大人の冬休み 女体めぐりの旅[22021 740円]
●【青春R18きっぷ】夜行列車女体めぐりの旅[21051 740円]
●青春R18きっぷ みちのく女体めぐりの旅[20156 728円]
【露峰 翠】(つゆみね・みどり)
●憧れのお義姉ちゃん 秘められた禁断行為[22136 720円]
●ときめき文化祭 ガチでヤりまくりの学園性活[21162 720円]
●ときめき修学旅行 ヤりまくりの三泊四日[20122 705円]
【殿井 穂太】(とのい・ほのた)
●処女覚醒 ふしだらな遺伝子[22105 720円]
●少女中毒【父×娘】禁断の姦係[21183 720円]
●痴女の楽園 美少女と美熟母と僕[21004 740円]
●教え子 甘美な地獄[20105 719円]
●妻の娘 獣に堕ちた美少女[20002 705円]
●鬼畜転生 愛娘の秘密[19071 694円]
【成海 光陽】(なるみ・こうよう)
●放課後奴隷市場 略奪された処女妹[20069 705円]
●美少女略奪 放課後奴隷倶楽部[19051 694円]
【葉月 奏太】(はづき・そうた)
●奥さん、丸見えですが…[22124 720円]
●僕の上司は人妻係長[22063 720円]
●誘惑は土曜日の朝に[21194 720円]
●隣室は逢い引き部屋[21121 720円]
●親友の妻は初恋相手[21014 740円]
●私の彼は左向き[20165 719円]
●人妻のボタンを外すとき[20095 719円]
●淫ら奥様 秘密の依頼[20029 694円]

→ この線で切り取ってください

↑ この線で

●夢か現か人妻か[19193 694円]
●もうひとりの妻[19119 694円]
●いきなり未亡人[19009 722円]
●人妻 やりたいノート[18135 722円]
●奥さん、入りますけど。[17197 740円]
●奥さん、透けてますけど。[17113 722円]

【葉原 鉄】(はばら・てつ)
●生意気メスガキに下克上！[22023 720円]

【羽村 優希】(はむら・ゆき)
●淫獣学園 悪魔教師と美処女[22135 720円]
●氷上の天使 悦虐の美姉妹強制合宿[21124 720円]
●【完堕ち】アイドル養成学校処女科[20104 705円]
●美少女の生下着 バドミントン部の天使[19182 694円]
●鬼畜教室 狙われた清純少女と女教師[18107 722円]

【藤 隆生】(ふじ・りゅうせい)
●M女子学院ゴルフ部巨乳特待生 闇の絶頂レッスン[21106 730円]
●人妻巨乳バレーボーラー 寝取られM化計画[20034 719円]

【深草 潤一】(ふかくさ・じゅんいち)
●嫁の姉 誘惑の夜[18186 694円]
●淫ら義母 乱れる[18101 694円]
●隣りの人妻 誘惑の夜[17178 694円]
●清楚妻 ほんとは好き[17063 694円]

【星 悠輝】(ほし・ゆうき)
●折檻義母とご褒美ママ[19183 694円]

【星名 ヒカリ】(ほしな・ひかり)
●保健の先生がこんなにエッチでいいの？[21182 720円]
●美叔母と少年 夏の極上初体験[20155 705円]

【真崎 好摩】(まさき・こうま)
●僕が寝取った人妻奴隷[19037 694円]

●お嬢さまの、脚は夜ひらく[19211 694円]
●人気女優の秘密[19120 694円]
●月影亭擦淫事件[19097 694円]
●美人教師の欲望[19030 694円]

【諸積 直人】(もろづみ・なおと)
●おさな妻 禁じられた同棲[22052 720円]
●青い瞳の美少女 禁断の逆転服従人生[21052 720円]
●双子の小さな女王様 禁断のプチSM遊戯[20068 705円]
●隣のおませな少女 ひと夏の冒険[19087 694円]
●禁じられた教育実習 清楚な美少女たちと…[18034 686円]

【柚木 郁人】(ゆずき・いくと)
●美少女変態怪事件[21160 740円]
●奴隷帝国ニッポン 牝奴隷調教機関[20035 719円]
●牝奴隷と牝化奴隷 幼い許嫁の完全調教[18156 694円]
●愛娘譲渡 悪魔の相姦調教[17153 694円]

【吉野 純雄】(よしの・すみお)
●黒髪の媚少女[21181 720円]

【綿引 海】(わたびき・うみ)
●少女の花園 秘密の遊戯[22053 720円]
●なまいきプリンセス 姪っ子とのトキメキ同居生活[21107 720円]
●美少女島 聖なる姉妹幼姦[20173 728円]
●いじめっ娘ペット化計画[20051 719円]
●はいから姉妹 地下の拷問部屋[19148 694円]

【素人投稿編集部】
●禁断告白スペシャル 忘れられない相姦体験[22137 720円]
●禁断告白スペシャル 旅で出会った夏熟女たち[22123 720円]
●禁断告白スペシャル 昭和・平成・令和 淫らな出逢い[22106 720円]
●禁断告白スペシャル 背徳の秘習—逆らえない性の掟[22073 720円]
●禁断告白スペシャル 熟年相姦体験[22040 720円]

●素人告白スペシャル 背徳の人妻懺悔録[19110 694円]
●激ナマ告白 隣の奥様の秘密[19088 694円]
●禁断の相姦白書 禁忌を犯した熟女たち[19072 694円]
●熟年白書 人妻のぬくもり[19053 694円]
●素人告白スペシャル 食べごろ奥様の性生活[19039 694円]
●熟女告白 誰にも言えない痴態[19018 694円]
●相姦体験告白 故郷の性生活[19003 694円]
●人妻白書 禁断の昭和回顧録[18194 694円]
●熟女告白 私が人妻にハマった理由[18158 694円]
●熟女告白 不適切な関係[18085 686円]
●人妻告白スペシャル 初めての衝撃体験[18050 686円]
●激ナマ告白 貞淑妻の淫らな好奇心[17154 686円]
●激ナマ告白 貞淑妻の不適切な交際[17118 686円]
●素人告白スペシャル 禁断の人妻懺悔録[17086 686円]
●相姦告白 田舎のどスケベ熟女[17050 686円]
●激ナマ告白 隣のいやらしい人妻たち[17017 686円]
●相姦白書 禁断の昭和回想録[16195 686円]
●濃厚熟女体験 あの夏の禁断の夜[16123 648円]
●豊満超熟白書[16092 648円]
●女教師 禁断【タブー】体験告白[16059 648円]
●熟妻告白 おいしい不倫[18018 686円]

【性実話研究会】
●人妻告白スペシャル 人に言えない淫らな体験[17185 686円]
●禁断レポート 感じすぎてしまうオンナたち[18177 694円]
●素人告白スペシャル 熟年世代の回春体験[18141 694円]
●熟年相姦 濡れた母の柔肌[18125 694円]
●禁断白書 ハラスメントな奥様たち[18108 694円]
●禁断レポート 痴女妻[18065 686円]
●禁断告白 [illegible]

↓ この線で切り

【真島 雄二】（ましま・ゆうじ）
●美人講師と有閑妻 オモチャになった僕[20020 705円]
●三人の美人妻 弄ばれた童貞ペット[18048 686円]
●美人司書と女教師と人妻[16193 686円]
【美里 ユウキ】（みさと・ゆうき）
●美少女ももいろ遊戯 闇の処女膜オークション[20196 740円]
●女子校生刑事潜入！ 学園の秘密調教部屋[20070 719円]
●女教師蟻地獄 恥辱の性処理担任[19128 694円]
●ねらわれた女学園 地獄の生贄処女[18193 722円]
【観月 淳一郎】（みづき・じゅんいちろう）
●美姉妹教師と僕 放課後はハーレム[19166 694円]
●人妻シェアハウスは僕のハーレム[17049 686円]
【深山 幽谷】（みやま・ゆうこく）
●母娘奴隷 魔のダブル肛虐調教[21071 773円]
●名門女子校生メイド お仕置き館の淫らな奉仕[20120 719円]
●熟女連姦ツアー 魔の奴隷調教[19202 740円]
●奴隷夫人 悦虐の魔境[18123 740円]
●少女矯正学院破魔島分校 双子美少女の奴隷地獄[17103 740円]
【睦月 影郎】（むつき・かげろう）
●未亡人と三姉妹と[22080 720円]
●白衣乱れて 深夜の研究センター[22015 720円]
●双子姉妹 尼僧とシスター[21136 720円]
●みだら終活日記[21029 720円]
●僕が初めてモテた夜[20166 705円]
●深夜の回春部屋[20131 750円]
●母と娘と寝室で[20114 705円]
●伯母の布団[20064 705円]
●夜の卒業式[20046 705円]
●僕と先生 教えてください[20013 694円]

●素人告白スペシャル 冬のほっこり熟女体験[22006 720円]
●禁断告白スペシャル 感動！ 秋の熟女体験[21184 720円]
●禁断告白スペシャル 旅先での熟女体験[21163 720円]
●禁断告白スペシャル 田舎の熟年相姦―背徳の悦び[21145 720円]
●素人告白スペシャル 年の差不倫―背徳の肉悦[21127 720円]
●熟年白書 甦る性春[21108 720円]
●人妻白書 寝取られ懺悔録[21088 720円]
●衝撃相姦告白 母との肉悦に溺れた夜[21072 720円]
●熟年白書 忘れられない春の熟女体験[21053 720円]
●素人告白スペシャル 相姦不倫―背徳の肉悦[21038 720円]
●素人告白スペシャル 未亡人とシングルマザーの下半身事情[21022 720円]
●素人告白スペシャル 熟女旅[21005 720円]
●熟年白書 衝撃の回春体験[20197 720円]
●激ナマ告白 田舎の人妻たち[20176 728円]
●禁断告白スペシャル 年上の女（ひと）[20157 719円]
●素人告白スペシャル［昭和―平成］想い出の相姦[20141 705円]
●素人告白スペシャル 隣の人妻―夜の淫らな痴態[20123 705円]
●素人投稿スペシャル 禁断の熟妻懺悔録[20106 705円]
●素人告白スペシャル 働く人妻 夜の出勤簿[20087 705円]
●熟年相姦 忘れえぬ母の柔肉[20071 705円]
●素人告白スペシャル 熟妻の不倫懺悔録[20053 705円]
●禁断白書 わたしの衝撃的な初体験[20037 705円]
●激ナマ告白 ヤリたがりの人妻たち[20021 694円]
●禁断の相姦白書 快楽に溺れた淫乱熟女たち[20004 694円]
●禁断レポート イキまくる熟女たち[19203 694円]
●熟年白書 蘇った性春[19184 694円]
●素人告白スペシャル ナイショのお泊まり奥様[19168 694円]
●禁断白書 わたしの衝撃初体験[19149 694円]
●相姦体験告白 禁断のぬかるみにハマった母たち[19129 694円]

●相姦白書スペシャル 禁忌に溺れる女たち[18003 713円]
●告白解禁 昭和の淫ら妻の回顧録[17169 686円]
●禁断白書 相姦体験の誘惑[17135 686円]
●告白解禁 熟れごろ奥様のふしだら体験[17104 686円]
●特濃体験告白 年上妻の淫らなひみつ[17069 686円]
●人妻告白スペシャル はじめての淫ら体験[17033 686円]
●禁断告白スペシャル 四十路妻の淫ら体験[17001 686円]
●禁断ナマ告白 超熟妻たちの性の実態[16176 686円]
●相姦白書スペシャル 母との淫らな思い出[16108 648円]
●禁断の性告白 貞淑妻のゲス不倫体験[16075 648円]
●相姦告白集 熟女との禁断の交わり[16040 648円]
【夕刊フジ】
●私の性体験投稿 濡れた横顔[22088 720円]
●私の性体験投稿 淫らな素顔[21203 720円]
【サンケイスポーツ文化報道部】
●私の性体験手記 教え子の匂い[22055 720円]

↑ この線で切

↑ のりしろ ↓

全国各地の書店にて販売しておりますが、品切れの際はこの封筒をご利用ください。

安心の直送（冊子小包ほか）が便利です！

●お求めのタイトルを○で囲んでお送りください。代金は商品発送時に請求書を同封いたしますので、専用の振込み用紙にて商品到着後、一週間以内にお支払いください。なお、送料は1冊215円、2冊310円、4冊まで360円。5冊以上は送料・無料サービスいたします。尚、離島・一部地域は追加送料がかかる場合がございます。

＊この中に現金は同封しないでください

●当社規定により先払いとなる場合がございます。

●商品の特性上、不良品以外の返品・交換には応じかねます。ご了承ください。

●お買いあげになった商品のアンケートだけでもけっこうですので、切り離してお送りいただければ幸いです。ぜひとも御協力をお願いいたします。

●当社では、個人情報の紛失、破壊、改ざん、漏洩の防止のため、細心の注意を払っており、個人情報は外部からアクセスできないよう適切

＊書名に○印をつけてご注文ください。
表示価格は本体（税別）です。

取ってください

↓ のりしろ

⇐ 書籍をご注文の場合は84円切手。アンケートのみの場合は、
63円切手を貼り、裏面のキリトリ線で切断して投函してください。

…女に保管しています。

今月の新刊

阿里佐 薫（あ…
母乳まみれ 濃厚ミル…
保育園に集う奥様たちの母乳は、それぞれ味が違って濃厚…

サンケイスポーツ文化報道部 編
私の性体験手記 青い性愛［22157］（発売10／7）
性ノンフィクション大賞に入選し、新聞掲載された性愛の記録12篇を収録！……720円

睦月影郎（むつき・かげろう）
夜行性少女［22158］（発売10／7）
その少女は、昼は日に当たるのを嫌い、夜になると積極的になって……。……720円

＊こちらの新刊のご注文は発売日後にお願いいたします。

●み…
■桐谷まつり ■…
■架乃ゆら ■東條…

【セクシャルヌード・ポーズBOOK】シリーズ
■篠田あゆみ ■大槻ひびき ■羽月 希 ●深田ナ…

【哀澤 渚】（あいざわ・なぎさ）
●いいなり姉妹 ヒミツの同居性活［22022 720円］
●おねだり居候日記 僕と義妹と美少女と［20195 720円］
【蒼井 凛花】（あおい・りんか）
●欲情のリモート会議［21212 720円］
●OLたちの上司改造計画［21046 820円］
●奥さまたちの誘惑ゲーム［20186 705円］
●人妻合コン 不倫の夜［20132 705円］
●ハメるセールスマン［20047 719円］
●夜の実践！モテ講座［19158 694円］
●奥さま限定クリーニング［19049 722円］
●人妻エアライン［18134 722円］
●濡れ蜜アフター［17078 694円］
●誘惑最終便［16118 657円］
●ときめきフライト［16053 686円］
【阿久津 蛍】（あくつ・ほたる）
●M女発見メガネ！ 僕の可愛いエッチな奴隷たち［22134 720円］
【阿久根 道人】（あくね・どうと）
●肛悦家庭訪問 淫虐の人妻調教計画［22122 720円］
【朝霧 夢幻】（あさぎり・むげん）
●奪われた愛妻［19052 694円］
【浅見 馨】（あさみ・かおる）
●巨乳の姉と［19159 694円］
●放課後レッスン［19079 694円］
●白衣の叔母 淫ら巡回［19050 722円］
【あすな ゆう】
●僕専用レンタル義母 甘美なキャンパスライフ［21037 720円］
●【熟義母×若叔母】僕のリゾートハーレム［20154 728円］
●巨乳母と艶尻母 ママたちのご奉仕合戦［20019 694円］
【雨宮 慶】（あまみや・けい）
●先生は未亡人［22112 720円］
●ガーターベルトをつけた美人官僚［21174 720円］
●人妻 淫萌え【みだらもえ】［21028 740円］
●他人妻【ひとづま】［20185 719円］
●好色な愛人［20080 705円］
●人妻 背徳のシャワー［20014 705円］
【天羽 漣】（あもう・れん）
●ヨガり妻［19038 694円］
【新井 芳野】（あらい・よしの）
●生贄アイドル 淫虐の美少女調教計画［22054 720円］
●生贄四姉妹 パパになって孕ませてください［21125 720円］
●巨乳女探偵物語 孤島の秘祭［21144 720円］
【羽後 旭】（うご・あきら）
●推しの人気声優 深夜のマル秘営業［22038 720円］
●姉と幼馴染み 甘く危険な三角関係［21070 720円］
【浦路 直彦】（うらじ・なおひこ）
●おねだりブルマ 美少女ハーレム撮影会［22039 720円］
●【僕専用】義母と叔母のW相姦ハーレム［20194 720円］
●美少女たちのエッチな好奇心 大人のカラダいじり［20052 705円］
●妻、処女になる タイムスリップ・ハーレム［19147 694円］
●小悪魔少女とボクッ娘 おませな好奇心［18175 722円］
【鬼塚 龍騎】（おにづか・りゅうき）
●新任女教師と音楽女教師 性獣学園の奴隷たち［19002 694円］
【北原 童夢】（きたはら・どうむ）
●倒錯の淫夢 あるいは黒い誘惑［21036 800円］
●隻脚の天使 あるいは異形の美［20140 900円］
【桐島 寿人】（きりしま・ひさと）
●ときめき工口催眠 ぼくのスクールカースト攻略法［21020 720円］
●三年C組 今からキミたちは僕の性奴隷です［20086 719円］
●戦隊ヒロイン大ピンチ 聖なる調教の罠［19086 694円］
【霧野 なぐも】（きりの・なぐも）
●処女の身体に入れ替わった俺は人生バラ色で［22085 720円］
●嬲りごっこ 闇のいじめっ娘クラブ［21143 720円］
●綱渡美の美少女と身体が入れ替わったから浮気エッチしてみた［21035 740円］
●未亡人とその娘 孕ませダブル調教［20084 705円］
【霧原 一輝】（きりはら・かずき）
●元アイドル熟女妻 羞恥の濡れ場［22138 720円］
●一周忌の夜に 和菓子屋の未亡人［22048 720円］
●義父の後妻［21096 720円］
●向かいの未亡人［20205 705円］
●ネトラレ妻 夫の前で［20148 705円］
●回春の桃色下着［20096 719円］
●人妻女教師 誘惑温泉［19212 694円］
●家政婦さん、いらっしゃい［19177 694円］
●愛と欲望の深夜バス［19098 694円］
●人妻 濡れつづけた1週間［18207 694円］
●人妻は昼顔夫人［18151 722円］
●義母にはまって…［18061 694円］
●嫁の黒下着［18012 694円］
【楠 織】（くすのき・しき）
●少女のめばえ 禁断の幼蕾［21202 720円］
【小金井 響】（こがねい・ひびき）
【星凜大翔】（せいりん・やまと）
●人妻プール 濡れた甘熟ボディ［22121 720円］
●訪問調教 奥さんと娘姉妹を犯します［22003 720円］
●喪服の三姉妹 孕ませ絶頂儀式［21069 720円］
【高村 マルス】（たかむら・まるす）
●昭和美少女 強制下着訪問販売［22103 720円］
●美少女粘膜開発［21201 720円］
●美少女コレクター 狙われた幼乳［21087 720円］
●狙われた幼蕾 背徳の処女淫姦［20085 705円］
●幼肉審査 美少女の桃尻［19201 694円］
【竹内 けん】（たけうち・けん）
●ぼくをダメにするエッチなお姉さんたち［22087 720円］
●ふたりの同級生と隣のお姉さんが奴隷になった冬休み［21200 720円］
●ナマイキ巨乳優等生 放課後は僕専用肉玩具［21085 720円］
●超一流のSEX 僕の華麗なセレブ遍歴［21003 720円］
●浴衣ハーレム 幼なじみとその美姉［20103 705円］
●修学旅行はハーレム 処女踊り食いの6日間［20003 705円］
●女教師釣り 放課後の淫蕩ハーレム［19108 694円］
●僕とお姉さまたちのハーレム卒業旅行［18176 722円］
【橘 真児】（たちばな・しんじ）
●ウチでハメよう［22033 720円］
●奥まで撮らせて［21081 740円］
●熟女ワイン酒場［20204 705円］
●捨てる人妻、拾う人妻［20149 719円］
●人妻食堂 おかわりどうぞ［20081 719円］
●人妻の筆下ろし教室［20030 705円］
●あの日抱いた人妻の名前を僕達はまだ…［19194 694円］
●人妻たちと教師［19138 694円］
●女生徒たちと先生と［19065 722円］
●隣のお姉さんと［19008 694円］
●人妻と官能小説家と…［18167 722円］
【館 淳一】（たて・じゅんいち）
●叔母の要求［21045 720円］
●人妻と妹と［19123 694円］
●美人社長の肉体調査［19080 694円］
●先生の淫笑［18168 722円］
●女神のストッキング［18077 800円］
●清純派アイドル 夜の素顔［18013 694円］
【辻堂 めぐる】（つじどう・めぐる）
●処女の秘蜜 僕のモテ期襲来！［20174 728円］
●転生美少女 美術室の秘密［19167 694円］

取ってください

↑ のりしろ

く。

（な、舐めるぞ……初めてのクンニ……）

繊毛の下に大陰唇があり、少し色のくすんだびらびらがハミ出ている。その中にぬめぬめしたピンクの媚肉があった。

（ああ、もうこんなに濡れて……）

スリットからは、熱い蜜がこぼれて生臭さを発している。

ハアハアと熱っぽく言うと、香緒里が上体を起こして不安げな様相を見せる。

「でも、ホントにいいの？　おばさんのなんて舐めて……」

「うん。だって……すごくいやらしいよ……エッチな匂いもすごくて……」

昂ってきたので、思いきって舌を伸ばした。

「あ、あんッ……」

香緒里がビクッと痙攣し、顎をクンッと大きくそらした。

まるで感電したのではないか、という激しい反応に、祐一は舌を引っこめる。

「だ、大丈夫？」

慌てて顔を覗きこむと、香緒里は潤んだ瞳をぼんやりさせ、ハアハアと息を乱していた。

「大丈夫よ。久しぶりだから、ちょっとびっくりしちゃったの。それより祐ちゃん、どう。平気だったかしら、おばさんのアソコ……」

「す、すごくおいしいよ、おばさんのおま×こ。それに、ちょっと舐めただけで、いっぱい愛液が出てくるんだね」

感想を素直に告げると、香緒里が拗ねるように横を向く。

「知らないわ、もう……」

真っ赤になっている。

(子どもの頃から優しくて美人なお母さんだなって思ってたけど……これほどまでに可愛いところがあったなんて……)

想像よりもうんといやらしかった。

人妻熟女の淫乱さにあてられて、祐一は許しを得ずに、さらにじっくりと丹念に舐めていく。

「ああんっ、祐ちゃん……」

怒った顔をしていた香緒里は、すぐに眉をひそめた泣き顔に変わる。

(よし、もっと感じさせるぞ……)

祐一は熟女の股間に顔をつけるようにして、ぬるっとした股間を舐めあげる。

「はううぅん……」

香緒里が背を弓のようにそらして、甘い声を漏らす。

（か、感じてるっ……いいぞっ。クンニって、すごい）

犬のように、肉ビラの狭間を上下に舐める。

すると、粘着質の蜜が舌にからみついて、潮っぽい味がひろがっていく。

（これがおばさんのおま×この味……ピリッと来て……でも、なんだろう。不思議と舐めたくなってくる）

最初はいやだな、と正直思っていた。

だけど舐めれば舐めるほどに、チ×ポがドクドクと脈打ち、いてもたってもいられなくなる。

まるで媚薬だ。

クセの強い酸味じみた味に、頭がクラクラする。

匂いもすごい。

ヨーグルトの発酵臭だ。

けっしていい匂いではないのに、嗅ぐとエッチな気分が深まっていく。

たまらなくなって、ねろっ、ねろっ、ねろっ……ぴちゃ、ぴちゃ、ぴちゃ、ぴちゃと音を派手に立て、さらには唇をつけて、じゅるるるっと愛液を吸いあげていく。

「あああ……はうぅんっ……母乳だけでなくて、エッチなオツユも祐ちゃんに吸われちゃうなんてっ……おばさん……ああんっ、恥ずかしい、だめえっ」

腰がくい、くいっと動いていた。

もっと舐めると、ワレ目の上方にこりっとした粒が舌の腹に当たった。

「うくっ……」

香緒里がびくっと全身をわななかせた。

えっと思ったが、すぐに思い当たった。

「おばさん、これがクリトリス？」

汗ばんだ顔で祐一は訊く。

「え、ええ、そうよ……皮をかぶっているでしょう？　中はすごく敏感なの。だから、ソフトに舐めてみて」

「うん」

言われるままに、そっと舌で突起を舐める。

「くっ！」

香緒里が激しく反応し、尻を震わせた。

（ホントだ。すごく敏感……）

続けざまに舐めていると、M字に開脚した熟女の脚が、ぶるぶると震えはじめる。

「はあっ……ああんっ……上手よっ……はぅン、ゆ、祐ちゃんっ」

優しげな目が細まり、瞼が落ちてとろんとした表情だ。

いつしか全身が上気して、汗ばんでいた。

頬にはセミロングの黒髪が張りつき、なんとも凄艶だ。本気で感じているのがわかって、ちょっと自信が湧く。

（もっと気持ちよくさせてあげたいな……こんなのどうだろう）

舌だけでなく、唇をつけて軽くチュッと吸ってみた。

「あっ、はあんっ！　だ、だめっ……そんなの、あん、そこ感じるっ……」

香緒里が両手で祐一の頭を押し出そうとする。

（え？　いやなの？）

いや、これは感じすぎてるってことだ。

祐一はやめることなく、さらに小さな豆をちゅるっと吸いあげた。

「はああんっ……ゆ、祐ちゃんっ……だめって言ってるのに……そんなにしたら、あっ、だめっ、おばさんだめになるっ……ああんっ……だめぇっ……」

その瞬間だ。

香緒里の腰が、今までになく激しく、がくんがくんと揺れた。

(え?)

クリ責めをやめて、香緒里の顔を見る。

キツく両目を閉じた香緒里は、やがてぐったりと弛緩してから目を開けた。ちょっと涙目になっている。

「祐ちゃんたら……イジワルね」

「い、今の、おばさん……」

おそるおそる尋ねる。

香緒里は目の下をねっとりと紅潮させて言った。

「……うふっ……そうよ、イッたわ……祐ちゃん、おばさんをいじめて、イカせたのよ」

そう言われて、祐一は両目をパチパチさせる。

「ホ、ホントに……?」

「……ウソじゃないわ」

恥ずかしそうだ。演技ではないらしい。

（やった！　真衣さんに続いて、経験豊かなおばさんもイカせたぞ）

香緒里が目を細めて見つめていた。

「小さい頃から知ってる子に舌で昇りつめさせられるなんて……恥ずかしいわ。うふふ。いいのよ、自信持って……あっ」

香緒里が慌てて上体を起こした。

おっぱいの先から、ミルクがシミ出してきたからだ。

「イッたから身体が熱くなってるわ……ああんっ、すごく張ってる」

「また飲んでもいい？」

母乳が飲める。

うれしいなと思ったが、香緒里は首を横に振った。

「だーめ……おばさんをいじめたお返しよ……今度はこっちの番」

香緒里は祐一をベッド押し倒すと、身体をズリ下げていき、祐一のパンツを引き下ろして全裸にさせてしまう。

ぶるんっと勃起が飛び出ると、そこに豊かな両胸を押しつけた。

どうするのかと思っていると、香緒里はたわわなふくらみを、自分でギュッと真ん中に寄せる。

しゅわわわ……と、温かな白い母乳が勃起にかかると、そのまま、

「よいしょっ」

とばかりに、重たげなバストで、チ×ポを挟んできた。

(なっ！　えっ、これ……パイズリだ。ウソっ、僕、パイズリされてるっ)

AVで見たことあるが、そんなのしてくれる女の人なんかいるわけない、AVのファンタジーだと思っていた。

まさか香緒里がしてくれるなんて思わなかったから、ただただ驚いて眺めることしかできない。

「うふふ。ねえ、私、こんな恥ずかしいこと、夫にもしたことないのよ。祐ちゃんがうれしくなるのは何かなあって考えて……どう？」

むにゅ、むにゅと柔らかな乳房にこすられると、飛びあがりたくなるような快感がやってくる。

(た、たまんないっ)

柔らかな乳肌でこすられる感触もいいが、見た目がすごかった。

香緒里の鏡餅（かがみもち）のような巨大なバストに男根が埋もれ、かろうじて亀頭部だけ見え

ているのだ。

(これがパイズリ……実際に見ると、は、迫力っ!)

あわあわしていると、香緒里はこちらを見ながら、

「うんんっ……んんっ……」

と、息を弾ませて、上体を上下に揺すってきた。

「ああ……き、気持ちいいっ……」

なんとも悩ましい光景に目を白黒させていると、香緒里はあったかい母乳ですべりのよくなったおっぱいで、さらに、ぬるっ、ぬるっとこすりあげてきた。

早くも射精したくなってくる。

「ああ……で、出そうだよっ……すごい」

チ×ポをおっぱいで挟み、シゴくという行為は、フェラチオに続いて女性を従わせているようで昂ってしまう。

「あんっ……びくびくして……やだっ、私もへんな気持ちになっちゃう」

香緒里は熱っぽく言いつつ、さらにミルクパイズリの動きを淫らにさせていく。

すべるたびに母乳とガマン汁の混ざった、ねちゅ、ねちゅという音が高くなる。

「くううっ、母乳まみれの、パ、パイズリ、たまんないっ」

「私もよ……うふっ、おっぱいでオチ×チンこすってあげるのって、こんなにエッチな気分になっちゃうのね……祐ちゃんのすごく熱くてっ、ズキズキして……可愛らしいわ。おばさんを襲いたくてうずうずしてるのね、ああんっ……」

見あげる表情がなんともせつなげだ。

エロい表情をしながら、ミルクまみれの巨乳を両手で寄せてあげ、肉竿を左右からギューッと押しつけて圧迫する。

「わわわっ……も、もうっ……ぬわわわ！」

とまらなかった。

頭が真っ白になるほど、強烈な刺激が脳天を貫いた。

「くはあっ」

祐一は情けない声を漏らしながら、先端から熱い汁を放出する。

白い母乳と混ざり合い、それが香緒里のおっぱいにかかって、とんでもなく淫らな姿にさせてしまうのだった。

第四章　ギャルママの母乳

1

水曜日。

保育園の休園日に、祐一は三人のママたちとプールに来ていた。

真衣と香緒里といっしょに来るのはまずいかなあ、と思っていたが、香緒里が真衣とのことを黙っていてくれると言ったので、ならいいかと楽観的に考えたのだ。

というよりも何よりも、三人の水着姿が見たい。

こんなチャンスはもうないだろう。

だったら来るしかないわけだ。

もうすぐ今期の営業を終了する温水レジャープールは、平日だとそれほど混んではいなかった。

泳げるスペースは十分だが、祐一は泳げないから浮き輪をふくらまして、そこに乗ってぷかぷかと浮いていた。

そのときだ。

(ぬおっ!)

祐一は瞬(まばた)きを忘れた。

目の前に現れた三人の水着姿が、想像以上に鮮烈だったのだ。

(すっげえ。おばさんがきわどいビキニを着てくるのは知ってたけど……真衣さんと里帆さんの水着もエロいっ)

花柄ビキニの香緒里の隣は、黒いビキニの大人っぽい雰囲気の真衣。

その隣には、フリルのついたピンクのビキニで、可愛らしいギャルの里帆がいる。

特に里帆に目がいってしまう。

というのも、里帆は隣のふたりと違ってフルヌードを見たことないので、想像力が働いてしまうのだ。

(里帆さん……スタイルいいと思ってたけど、こんなに細いんだ。なのに、おっぱい

やお尻はデッカくて……ふたりに見劣りしないぞ)

アッシュグレーのショートヘアに、健康的な褐色の肌。

クリッとした黒目がちの瞳が特徴的で、モデルばりの小さな丸顔。

ピアスやネイルもばっちりで、へそにピアスなんかして……つまりは「ロリ黒ギャル」である。

そこにグラビアアイドルみたいな「痩せ巨乳」もくっついたのだから、ときめいてしまうのも当然だ。

そんな里帆たちは、連れてきたわが子らと楽しそうに遊んでいた。

(こんな美人ママが三人もいるなんて……この保育園は当たりだったなあ。私立選んでよかった)

スタイルのよさは共通だが、雰囲気は三者三様である。

スレンダーでおっぱいだけ大きい、痩せロリ巨乳の里帆。

三十路の脂の乗ったムッチリ完熟ボディの香緒里。

日本人離れした、ボンキュボンのダイナマイトボディの真衣。

華やかなオーラを放つ三人のママは、歩くたびにおっぱいやお尻がゆっさと揺れて、子どもを産んだとは思えないほどセクシーだ。

しかもだ。

三人ともまだ授乳期間で、乳頭が張っている。

薄いビキニブラでは、ぷくりととがる乳首が隠せないようで、うっすらとぽっちが浮いて見えている。

(胸ぽち、エロすぎるっ……だめだ、見ていたらまた怒られるぞ)

子どもがいる前で、いかんと自制したときだ。

「せんせえ!」

と、三人の子たちがプールサイドで呼んでいる。

やはり子どもは可愛い。

浮き輪から降りてプールサイドに行くと、たたかれたりつねられたりするけど、やっぱり可愛いのだ。

「祐一になつくのよねえ」

里帆がやってきた。

近くで見ると、おっぱいの谷間や揺れがすごい。

慌てて目をそらして言う。

「ど、どうしてでしょうね。昔から子どもには、なつかれるんですよねえ」

「同じくらいの精神年齢だからじゃない？」

里帆がいつものようにひどいことを言う。

でも、前から思っていたのだが、里帆にからかわれたりするのは、そんなにいやではない。

里帆の裏表のない性格から来ているのだろうか。

「だめよ、早苗ちゃん。祐一先生をつねったりしては」

真衣もやってきた。

黒ビキニのグラマーボディは、これまた目のやり場に困るぐらいエッチである。

（まさか真衣さんが、こんな大胆な水着をつけてくるなんてなあ）

真衣はわが子をひょい抱っこして、恥ずかしそうに祐一の視線から、ざっくり開いた胸元を隠そうと身をよじる。

（あんなに何回もエッチしたのに恥ずかしいんだ……見てると、ヤリたくて仕方なくなってくる）

むしゃぶりつきたい衝動を抑えていると、香緒里も歩いてきた。

（おばさんもすごいな……水着で押さえつけてるはずなのに、揺れが三人の中でいちばんすごいや……もしかしてＧカップじゃなくて、Ｈカップかも……）

花柄ビキニの胸元に目がいくものの、香緒里の場合はハイレグ気味のビキニショーツにも動悸が激しくなってしまう。

ちょっとズレただけで、ワレ目が見えてしまいそうだ。

「香緒里さんのスタイルって、やっぱりすごいわ。大胆な水着がすごく似合う」

真衣が惚れぼれしたように言う。

香緒里が恥ずかしそうにしながら、こっちをチラッと見た。

思わずニヤついてしまう。

(恥ずかしいよね、おばさん。実のところはワンピースの水着を買うつもりだったんだもんね。僕が無理やりにビキニを着させて……羞恥プレイだな……)

香緒里は身体を手で隠すようにしながら、首を振る。

「私なんか……真衣さんや里帆ちゃんに比べたら、体形が崩れてきてるわよ」

「えーっ、そんなことないですよ。ねえ、祐一、香緒里さんも真衣さんも、すごいわよねえ」

里帆がうらやましそうな顔で、香緒里と真衣を見ている。

「う、うん……」

どう言っていいのかわからないので、祐一は適当に返事をした。

（里帆さんも、別にうらやましがらなくてもいいのに。すごいスタイルだし……やばいな、勃っちゃいそうだ）

改めて思った。

うまくいきすぎてる。

これほどの美人ママたちと関係が持てるなんて。

おそらく時期がよかったのだろう。

子どもを産み、妻が母になると、とたんに旦那は何もしなくなる。

ふたりめを産むと、もっと何もしなくなる。

そんな寂しい時期に童貞の祐一という、ちょうどいい性的な解消相手が現れたのだろう。運がよかった。

「私、ちょっと泳ぐのはやめとくから、子どもたち見てるわよ」

真衣が言った。

（今日はアレの日なのかな）

そんなことを思っていると、里帆に誘われた。

2

「祐一、泳ごうよ」

里帆に押されて祐一は、ざぶんとプールに落ちた。

「ぷはっ、あ、危ないですよっ」

水面から顔を出すと、里帆がアハハと笑っている。

「ほら、競争っ」

里帆もプールに入り、平泳ぎをはじめた。

「あっ、ちょっと待って……」

追いかけようとして、まわりに人がいてぶつからないかと確認すると、香緒里がプールに入ったまま小さく手を振っていた。

その後ろのプールサイドに真衣もいて、子どもたちと遊びながら、同じように祐一に手を振っている。

三人の美女とたわむれているから、なんだかプール内の男たちの殺気が、いちだんと高まった気がする。

（優越感というか……見せびらかしたいというか……）

ついこの前まで童貞だったのが、自分でも信じられない。

合コンに無理やりに参加したことで、いろいろ変わった気がする。

（行ってみるもんだ。人間、行動あるのみだ。棚からぼた餅だけど……）

そんなことを考えながら、祐一は下手くそな平泳ぎで里帆を追う。

里帆は中央にある、小島のオブジェを目指して泳いでいるようだ。椰子（やし）の木が数本立っていて、子どもが乗って遊べるようになっている。

（あそこまで行けるかなあ）

ほとんど泳げないのはわかっていたのだが、久しぶりだとよけいに下手くそになっていた。

里帆はどんどん離れていく。

（ああ……里帆さん、さすが沖縄出身。泳ぎがうまいなあ）

とにかく必死に追っていると、水中でぼんやりとピンクのビキニを着た里帆の、かえる脚が見えた。

無防備に大きく股を開き、M字にしたり、伸ばしたりしている。

（平泳ぎって後ろから見ると、過激だなあ）

もっと近くで見たくなった。

無我夢中で水をかく。

がんばって里帆のすぐ後ろまで追いつき、祐一は水の中で目を見開いた。

（おおお、すごっ！）

水の中にいれば、美人ギャルの太ももとお尻とお股が見放題だ。

ビキニショーツからハミ出る褐色の尻肉や、水着の卑猥な食いこみや、内もものスジもしっかり見える。

もっと目をこらせば、陰唇のはじっこ部分まで見えそうだ。息が苦しくなってきても、祐一は顔をあげずにふんばった。

（り、里帆さんのお尻、それにおっぱいも……ムチムチというか、なんか弾けそうなフレッシュさだなあ）

ついつい里帆のヌードを想像してしまう。

ふたりの美人ママで十分ではないかと思うけど、それはそれ、これはこれだ。

またタイプの違う二十三歳のヤンママの肉体も、そそられるのだ。

（やばっ、完全に勃ってきた）

勃起したどころの騒ぎでない。

先端が水着から飛び出すほどガチガチだ。

これはもう里帆に追いついたらからかわれるだけだと泳ぎを諦めると、香緒里がゆっくりと漂うように、プールの中を歩いてやってきた。

「里帆ちゃんって泳ぎが上手なのね。祐ちゃん、ぜんぜん追いつかないじゃない」

くすっと笑う香緒里の水着おっぱいが、水中で揺れているのが見える。

「だって……」

祐一は水の中で香緒里の手を取ると、そのまま股間に持っていく。水着越しにふくらみに触れた香緒里が、

「あんっ、祐ちゃん……こんなとこで？　だから、泳ぐのをやめたのね」

と言いつつ、顔を朱色に染める。

「三人の水着姿が刺激的すぎて……」

「困ったわね。子どもたちもいるのよ。小さくできない？」

ふたりがいるのは、ちょうどプールの中央だ。もう少し泳げば島のオブジェの陰に隠れられる。里帆はもっと先のほうまで泳いでいるし、真衣のいるプールサイドもここからは距離がある。

祐一は香緒里の手を取り、オブジェの陰に隠れた。

里帆や真衣の目を盗み、近くに人がいないのを狙って、水の中で水着姿の香緒里を背後からギュッと抱きしめて胸を揉みしだく。

「ちょっと……だめっ、人がいるところで……」

香緒里が目の下を赤くして、まわりの目を気にするそぶりをする。

「勃起を小さくさせてよ、おばさんの身体で……」

後ろからビキニブラごと乳房を鷲づかみにすると、熟女の柔らかな乳房は面白いように形をひしゃげてみせる。

「ああんっ……だめって」

イヤイヤをするも、抵抗はおざなりだ。

恥ずかしそうだが、スリルを楽しんでいるようにも見える。

「こういう過激な水着だと、おばさんもエッチな気分になるんじゃない？」

「ならないわ。というより、この水着は祐ちゃんが……あっ……」

するりとブラの隙間に手を入れ、乳首を直接いじると、熟女はビクンと全身を震わせる。

やはりいつもより感度がいい。

さらに指で乳首をこねこねすると、

「あっ……あっ……」

と、すぐに香緒里はうわずった声を漏らし、顎をのけぞらせる。プールの水が、ぱちゃぱちゃと跳ねる。

「ほうら、もう感じてる」

「あンッ……だめよっ……もうやめなさいっ」

そう言っていやがるものの、身体は正直だ。

腰がすぐにくねってきて、ヒップが股間のふくらみに押しつけられる。

「だめなんて……欲しそうだよ、おばさん」

祐一は左手を湯の中にある、香緒里のビキニショーツの上端からすべらせるように挿し入れた。

「……あんッ」

香緒里がハッとして口をつぐむ。

しかし、しっかり聞こえた。

甘ったるいエッチな声。

「ちょっと……ねえっ……お願い、指を抜いて……祐ちゃんっ」

小声で哀願する。

さすがにプールで、直接おま×こに触れられるのは困るのだろう。

腰を揺すって逃げようとする。

だが、背後から見えた香緒里の横顔は、目をうるうるさせて、今にもとろけてしまいそうないやらしい表情だった。

「そんなエッチな顔で言われても……ねえ、おばさんっ、指ってこれのこと？」

祐一はビキニショーツに入れた指を鈎状に曲げ、そのままぬぷりと膣穴に挿し入れる。

「あっ……くっ」

香緒里はビクッと震えて、うわずった声を放つものの、すぐに唇を噛みしめて、漏れ出す喘ぎ声をこらえてみせる。

「だ、だめっ……あ……ん……お、おばさんの中、指でかき混ぜないでっ」

熟女はイヤイヤと首を振るも、それはポーズだとわかる。

ぬめっとした熱い蜜が奥からにじんできて、膣内に埋めこんだ指にまつわりついてくるのだ。

「うわっ……あったかい……ぐじゅぐじゅしてるっ……おばさん、プールのお湯じゃないよね、これ」

「し、知らないわ。ああんっ……ホントにだめよ……」

だめと言いつつも、肩越しに見える潤んだ瞳と荒い息づかいで、香緒里も発情しているのがわかる。

祐一の指が心地よいのだ。

(くうう、こんな場所でおばさんにイタズラしてるなんて、興奮する……)

プールの中央部で男と女がイチャイチャし、女がときおり半開きの口から甘い声を漏らしている。

まわりにバレそうだけど、もうとまらない。

祐一は水中で自分の海水パンツをズリ下ろし、さらに香緒里のビキニショーツを横にズラしてワレ目に硬くなった切っ先を直に押しこんだ。

「えっ……ま、待ってっ……んぐっ」

香緒里が自分の口を手で塞いだ。

そうでもしなければ、激しいヨガリ声を公衆の面前で放っていたのだろう。挿入した瞬間ののけぞりかたが尋常ではなかったからだ。

(ああ、人前で……みんないる前でエッチしちゃってるっ……や、やば……)

興奮しすぎて夢心地だ。まるで自分がやっているとは思えないくらいだ。

（心臓がバクバクしすぎて、おかしくなりそう）

耳鳴りがする。

身体がカアッと熱くなる。

祐一は緊張しながらも、水の中で香緒里の腰を持ち、水中の立ちバックで香緒里の中にズンッと勃起を押しこんだ。

「んんん！」

香緒里が口を塞いだまま、背をそらす。

ちらりと肩越しに振り向いてきた香緒里の目が涙でにじんでいる。

真っ赤になって恥ずかしそうに口を塞ぐ香緒里は可哀想だけど、エロかった。

さらに突き入れて腰を振った。

「ンンッ……んんんっ……」

香緒里が震える。

と同時に、驚いたように膣がキュッと締めつけてくる。

（ぬわっ、き、気持ちいいっ……おばさんのおま×こが、きゅんきゅんして……）

あまりの愉悦に尿道が一気に熱くなった。

「お、おばさんっ……出るっ」

耳元でささやくと、諦めたのか、香緒里は口を塞いだまま小さく頷いた。
（お、おばさん……いいんだね……プールの中で中出しするよ）
よしと腰を動かして、射精寸前まで行ったときだ。
真衣が背後からやってきて、
「祐一くん、香緒里さんっ……たいへんっ」
と、声をかけられてびっくりした。
香緒里も驚いたのだろう。
膣がもうすごい勢いで締まる。
その締まる力に敗北し、祐一は射精した。
（ああ、ま、真衣さんの前でおばさんに中出しっ……）
なんてエロいシーンなのだろう。
身体の関係にある美人ママの前で、別の人妻に種づけしたのだ。
（もうおかしくなりそう）
呆けて射精の余韻に浸りたいものの、そんなわけにはいかない。
最後まで注いだあとに香緒里からチ×ポを抜き、何食わぬ顔で真衣を見た。
「どうしたんですか、真衣さん」

「どうしたの、真衣さん」

香緒里も恥ずかしそうにしながら、中出しを隠して真衣にいつもの柔らかい笑顔を見せる。

「それが……里帆さんが溺れて……」

「は？」

思わず素っ頓狂な声が出た。

3

「過労だって。ひとりで仕事して子育てもがんばっていたから、疲れがたまってたのよね」

香緒里がホッとしたように言う。

レジャープールにある救護室。

救護ベッドに横になり、スースーと寝息を立てる里帆を見て、香緒里と祐一は安堵(あんど)のため息を漏らす。

「よかった、大事じゃなくて。じゃあ、私は真衣さんを手伝って、子どもたちの面倒を見てくるから、祐ちゃん、何かあったらすぐに先生に連絡するのよ。まあ、大丈夫だと思うけど」

「うん、わかった」

救急医はほかの現場に行っていて、かなり忙しいらしい。

医師がひとりしかいないのだ。

「あっ……それと、寝ているからって里帆ちゃんにイタズラしちゃ、だめよ」

香緒里が目を細める。

寝ている里帆はタオルケットをかけているが、その下はまだ水着のままである。

「な、何を言ってるの。だ、大丈夫だよ」

さすがに寝こみを襲うつもりはない。

もちろん、里帆に興味はあるが……。

「どうかしら……真衣さんがいて危険なのに、中出ししたのは誰かしらね」

香緒里が睨んでいる。

慌てて目をそらすと、香緒里はクスッと笑って去っていった。

香緒里が行ってしまうと、祐一はベッドのまわりのカーテンに手をやった。

ベッドは部屋に三つ置いてあり、プライバシーのためにひとつひとつにカーテンがついている。

カーテンを閉じてから丸椅子に座り、寝ている里帆を見る。

(しかし、寝ていると可愛いな……性格はあれだけど、顔はアイドルみたいなんだよなあ)

こんなチャンスはないと、まじまじ里帆を見た。

銀色のショートヘアに褐色の肌のギャル。

今は閉じているが、目はクリッとしていて大きくて、目力が強い。

(これで、二歳の息子がいるママなんだもんなあ。女子高校生でも通用しそう)

真衣や香緒里とは、また違った魅力がある。

同い年なので、リアルに好きという感情が芽生えてきそうだ。

(今はシングルだもんなあ……て、いかん。おかしなことを考えるな)

でも、いいよなあ、と、ぼおっと見ていたときだ。

「う……ん……」

里帆が苦しげに呻いたので、祐一はギョッとした。

「り、里帆さん、大丈夫……?」

声をかけてみる。

すると里帆は苦しげな顔をして、祐一をぼうっとした目で確認すると、

「ちょっと胸が苦しい……ねえ、祐一……ビキニブラをはずして……」

と言われて、ドキマギした。

「は？　ブ、ブラ……？」

訊くと、里帆はとろんとした瞼のまま、

「うーん」

と唸って、かけていたタオルケットを剝いでしまう。

（ぬ、ぬわっ）

フリルのついたピンクのビキニ姿の里帆がいた。

改めて見ると、小麦色の健康な肌でスレンダーながら、ママらしいまるみを帯びたエッチな身体つきである。

おっぱいは、真衣や香緒里の爆乳と比べれば少し小さめなものの、十分な存在感である。

しかもだ。

やはり若さがあるからなのだろう。

仰向けでもおっぱいはツンと上向いて、小高く悩ましい稜線をしっかりと誇示し

ている。

へそにピアス、そして派手なネイルのギャルは、陰キャの祐一にはいちばん手の届かない憧れの存在である。

そんなギャルママのビキニブラを取ってもいいとは、なんてラッキーなのだろう。

「いいんですね」

と、念押しで尋ねたら、里帆は何か寝言をつぶやき、そのまままた目をつむってしまう。寝息が聞こえてきた。

（あら……寝ちゃったよ……でも、はっきりブラ取ってって言われたもんな。いいんだよね、里帆さん……おっぱい見ちゃうよ）

ごくっと唾を飲みこみ、そっと両手を里帆の背に挿し入れた。

震えてうまくいかないものの、なんとかビキニブラのホックをはずすと、くたっとブラが緩み、乳房がぶるんっと露になった。

「はあ……はあ……すげえ……っ」

思わずつぶやいてしまい、慌てて口をつぐむ。

それほどまでに、里帆のロケット形のおっぱいは、芸術品とも言えるほどに見事な美乳だったのだ。

トップレスで灼いたのか、乳房はしっかり小麦色だ。

円錐形の乳房が突き出していて、乳頭はピンととがって上を向いている。

驚いたのは乳首が鮮やかなピンクだったことだ。

子どもに吸わせているはずなのに、薄ピンクの乳首は透きとおるようで、乳輪もひかえめ。惚れぼれするバランスのよさだ。

(里帆さんのおっぱいって、こんなに美乳なんだ。あっ！)

乳頭部を見ていてハッとなった。

薄ピンクの乳頭部に、いちごにかけたシロップみたいな、白い液体がシミ出てきたのだ。

(り、里帆さんのミルク！　ああっ、どうしよう……)

何か拭くものは、と探しつつ、胸が高鳴った。

ふいに思ってしまったのだ。

(里帆さんの母乳を味わってみたい)

真衣や香緒里のミルクを吸いまくってからというもの、母乳フェチなのか母乳マニアなのか、母乳評論家なのかわからないが、とにかくミルクを飲むと興奮する性癖になっていた。

母乳の出ないおっぱいなど、魅力半減だ。

そんな偏執的な思いすら芽生えてきている。

飲んでみたい。

熟れた三十代の人妻と、女盛りの二十代後半のミルクは味がまるで違った。

二十三歳のママの母乳はどんな味なのか。

そう思うと、いてもたってもいられなくなってきた。

おっぱいまる出しで、ベッドに横たわるギャルママ、里帆を舐めるように見た。

(いや……そんな、いくらなんでも、寝ていて意識のないママのおっぱいをこっそりと盗み吸いするなんて……だめだ。そんなの母乳レイプだ)

だが、じわっと出てきて褐色の乳房に垂れるミルクを見ていると、頭の中で都合のいいことを考えてしまう。

(で、でも……きっと、ちょっとだけなら、ちょっと舐めるだけならバレない)

顔を近づける。

耳鳴りがひどくなり、息が荒くなる。

心臓が破裂しそうなほど興奮しながら、ミルクのシミ出すギャルママの乳首に口を持っていく。

ハア……ハア……。

(寝ている里帆さんの、ミルクを無理やりに吸うなんて……)

バレたときには、おそらく、ひっぱたかれるくらいではすまないだろう。

下手すると、保育園にいられなくなるかも……。

だけどそんな危惧は、目の前の母乳を見ていたら、どうでもよくなってしまう。

祐一はおずおずと舌を伸ばし、里帆の乳頭部をぺろりと舐めた。

(あれ……う、薄いな……薄口だ)

真衣や香緒里の母乳と味がまったく違うのに驚いた。

それに、ふたりに比べて、舌触りが妙にさらさらとしている。

(年齢で違うのか、それとも体質かな……こんなにも母乳というのは、いろんな味があるのか)

さらに、ねろっと舐めた。

「んっ……」

里帆が小さく呻いて、ピクッと震えた。

祐一は慌てて口を離す。

ドキリとしながら里帆の表情を見ると、起きる気配はなく、眠ったままだった。

(あ、あぶないっ……強くしちゃだめだ)

もう一度、そっと舐める。

「うっ……んう……」

また里帆が小さく喘ぎ、わずかに身体をよじらせる。

(起きる気配はないな。というより、感じてるんじゃないか?)

里帆の表情を見れば、わずかに眉をひそめ、目の下を紅潮させて恥ずかしそうにしている。

いつものキャピキャピっとした、天真爛漫な表情とはまるで違う悩ましさ。

(里帆さんってこんなエッチな表情をするんだ。セックスのときだと、もっと色っぽい表情を見せるんだろうな……)

水着の中で、さらに勃起がふくらむ。

ぴったりした水着だから、竿の形がくっきり浮かぶ。

しかもだ。

切っ先が上端からハミ出て、こんにちは、をしてしまっている。

(い、痛いっ……ズキズキする。こんなに勃起するなんて……)

それほどまでに、意識のないギャルママをイタズラするのが興奮するのだ。

(起きないな……よし……もう少しだけ……)

今度はミルクの出る乳首に唇につけて、軽く吸ってみた。

「んっ……んうっ……」

とたんに、里帆はぴくんとするも、目はつむったままだ。

(起きない。寝ていても母乳って出るんだな。たいへんだなあ……)

そんなことを思いつつ舌で味わう。

薄い水のような感じだが、ほんのりと甘い味つけだ。

果汁数パーセントの、わずかに味のついた清涼飲料水みたい。

(新鮮な味って感じがするな)

二十三歳のママだからだろうか。

香緒里のようにねっとりした感じではなく、さらっとした飲み口だ。

(でも、おいしい……里帆さんの味がする)

思いきって、ジュッと吸うと、しゅわわわと、喉に当たるくらいミルクが噴き出してきた。

慌てて両方のおっぱいを交互に吸い、ごくっと嚥下する。

(ギャルママの母乳……ほんのり甘くて好みかも)

もうとまらなかった。

チュウチュウと吸っては、じっくりとおっぱいを揉みしだく。

「んううんっ……ううんっ……」

すると、里帆は次第にくすぐったそうに腰をよじる。

なんだか肌が汗ばんできて、甘い柔肌の匂いが鼻孔をくすぐってくる。

（柑橘系の汗の匂い……やばっ……興奮するっ……もっと里帆さんを好きなようにしたいっ）

起きないのをいいことに、祐一は母乳を吸うのをいったんやめ、今度はビキニショーツの股間に触れた。

股間部分をそっとなぞると、ピンクのビキニショーツに卑猥なワレ目がくっきりと浮き立ってくる。その魅惑のワレ目を指でなぞると、指先に、ぐにゃっとした里帆の恥肉の感触が伝わってくる。

「あっ……あん……」

たったそれだけで、里帆はヨガリ声を漏らし、小さな顎をクンッとあげる。

祐一は手をとめてから、ギャルママの顔をまじまじと見る。

まだ目をつむったままだ。

（ああ、びっくりした……起きたかと思った……でも、ちゃんと寝ているよな。里帆さんってやっぱり寝てても感じるみたいだな）

ドキマギしつつ、さらに下腹部をいじくりまわす。

意外と太ももの肉づきがいい。股間のつけ根にいくにつれて、太ももは女らしく発達して、意外なほど充実しているのだ。

（太ももとか、お尻はムチムチだ。やっぱりママなんだよな）

ムッチリした太ももを撫で、頬ずりすると、次第に里帆の下腹部が妖しい熱っぽさを帯びてきたのがわかる。

（里帆さんの肌、汗ばんできた……）

さらに無意識でも、エッチな反応を見せてくるのだから最高だ。

興奮して息があがってくる。

ハア……ハア……。

（うう、ここまで来たら、もう見たいっ。里帆さん、ぜんぶを見たいよ）

いけないと思うのに、震える手でビキニショーツをそっと脱がして、里帆を全裸にしてしまう。

眠ったまま淫らな格好にされている里帆を眺め、祐一は慌てて自分の水着の前をギ

ュッとつかんだ
（くうう、ガマン汁を出すだけじゃなくて、射精しちゃいそうだ）

手コキしたい欲望をなんとか抑えて、まじまじと里帆の下腹部を見る。薄い恥毛の下に、ひかえめなスリットがわずかに見えている。

（ああ、里帆さんのおま×こっ……）

理性が飛んだ。

足首をつかみ、ゆっくりと足を開かせる。

すると魅惑のワレ目の中身が、今度はばっちりと眺められた。

（うわっ、可憐だ……あ、あれ……小さいな……）

真衣や香緒里のアソコを見ているからよくわかる。

里帆の秘部はかなり小ぶりだ。

大きく深呼吸してから、もっとまじまじと眺めた。

（くすみがぜんぜんなくて、つるつるした肉土手……）

まるで美少女のアソコのようだ。

ここから拓也が生まれたとは、にわかに信じがたいような、使いこんでいないように見えるおま×こである。

祐一は指でV字をつくり、くぱっと開いてみた。

「う……んっ……うんっ……」

見れば里帆が顔を真っ赤にして、苦悶の相をつくっている。

(寝ていても恥ずかしいのかな。両足をM次開脚にされて、恥ずかしい部分を指で開かされてるんだもんな)

羞恥プレイの夢を見ているのかもしれない。

祐一はかまわずに、さらに指でスリットを押し開いてみる。中身は鮮やかなサーモンピンクだ。小麦色の肌にピンクがよく映える。

(ホントにキレイだな……んん?)

おそるおそる、スリットに指をつけてみた。

すると、じわあっと透明な蜜が、小さな穴からにじみ出てくる。

(濡れてるっ。里帆さん、寝ているのに濡らしてるんだ……)

そっと指をつけてから離すと、指と秘部がねっちょりした透明な糸でつながった。

(ねとっとした愛液……ちょっと白いのも混じってる。それにしても、ワレ目だけじゃなくて、膣穴もすごく小さいよなあ)

人さし指で穴を押してみる。

力を入れると、ようやくぬぷぷぷと膣穴を押しひろげて指が潜りこんでいく。

「あンッ」

里帆が鋭い声を漏らし、身体をよじらせる。

しかし簡単には起きないことはもうわかっているので、無視してさらに奥に入れようと祐一は試みた。

だが……。

（くっ！　せ、せまっ……指がギュウギュウと咥えこまれて……ここにチ×ポなんか入るのか……？）

もし入れたら、すごく圧迫されて心地よいだろう。

そんなことを想像しつつ、さらに奥をまさぐると、熱くて柔らかくふくらんだ場所があった。

「うっ……んっ……」

里帆が何度も身体をよじる。

表情は泣き顔で、もうセックスしているときの顔そのものの卑猥さだ。

（あんな小生意気な里帆さんも、こんな色っぽい表情とか声が出るんだなあ）

感心しながら指を出し入れする。

すると里帆の腰がじれったそうにうごめき、匂いが強くなってくる。

(はああ……濃い匂い……これが里帆さんのアソコの匂い)

その匂いが鼻先に漂ってくると、もうどうにもならなくなった。

こんなイタズラをしてはいけない。

そう思うのに、指をもっと奥まで入れて、ぬめった膣内を愛撫してしまう。

「んうう、んふん……ああんっ……」

里帆が目をギュッとつむり、ハアハアと息を荒らげはじめる。

もっと触りたい。里帆を味わいたい。

その一心で、大きなおっぱいにパクつき、出の悪くなったミルクをチュウチュウ吸いながら、膣内のざらついた部分をこすりあげる。

「あっ……ああんっ」

里帆が眠ったままシーツをつかみ、ぶるっ、ぶるっと小刻みに震えた。

(すごい……意識がないはずなのに……こんなに感じて……もしかして、このまま里帆さんをイカせることができるんじゃ……)

さらに力強く母乳を吸ったときだ。

「ねえ、ちょっと……さすがに指を入れるのは、やりすぎじゃない？」

里帆が目を開けて睨んできたから、祐一は卒倒した。

4

（ぬわあああ、お、起きてたっ！）

目の前が真っ暗になる。

水着の前をふくらましながら、無意識のママにイタズラしたのがバレたのだから、当たり前だが、もう地獄だ。

「す、すみませんっ。違うんです」

祐一は慌てて言う。

里帆が起きあがり、腕組みして目を細める。

「なーにが違うのよ。裸にして、おっぱい吸うわ、アソコをジロジロ眺めるだけでは飽き足らずに指まで入れてきて……もう、恥ずかしいったら」

そこまで言って、里帆はハッとして手で乳房とアソコを隠す。

「だ、だって……苦しいからビキニブラをはずしてって、里帆さんが……」

「私が……そんなこと言った？」

里帆がうーんと考えた顔をする。

「……だとしても、ショーツまで脱がせてって言ったかしら。それにおっぱいを揉んだり、吸ったりしてなんて言ってないわよね」

「そ、それはっ……あの……ぼ、母乳が出てきちゃったから」

もじもじしながら小さな声で言うと、里帆は胸を隠しながらさらに大きな目をして身を乗り出してくる。

「ふーん。私の母乳が出てきたから、ついつい吸っちゃったと」

「は、はいっ」

正直に言うと、里帆がため息をついた。

「……あんた、アホなの？　それで私が、ありがとうなんて言うと思った？　やーっぱり、祐一ってすごいスケベだったんだ」

言い返せなかった。

だけど、責められつつも妙だなと思った。

「で、でも……途中で起きて気づいてたんなら……里帆さん、どうしてもっと早くに訴えなかったんですか？」

ふいに疑問を口にする。

するとと里帆はちょっと口をとがらせて、ニヤッと笑った。

「だって……あんた、いっつもけっこう、私のおっぱいとかジロジロ見て、オチ×チンふくらませてるし、まあ童貞だろうから、おっぱいぐらいなら吸わせてあげようかなって思ったのよ。まあ、指くらいでも……いいかなって」

「えっ！　じゃあ、イタズラを黙認してくれてたんですね」

「なんだけど、その……」

そこまで言って派手なギャルママは、もじもじして恥ずかしそうに目をそらす。

「その……なんでしょうか？」

尋ねると、里帆が顔をほんのり赤くして拗ねたように言う。

「だって……やばかったんだもん」

「へ？　何が」

わかんないから素直に訊いたのに、ビキニブラを投げつけられた。

「……イキそうだったのよっ、あんたの指で……」

「え？」

里帆が「うー」と唸っている。

（ぼ、僕が、里帆さんを指だけでイカせる……そうか、やっぱり僕、うまくなってるんだな……）

真衣と香緒里。

ふたりの人妻とあれほどいろんなシチュエーションで身体を交わせば、自然とテクも身についたということだろうか。

（ということは、寝ていて感じているふうに見えてたのは……ホントに感じてたってことか……）

思い出し笑いをすると、里帆に腕を引っぱられた。

「わっ！」

救護室のベッドに仰向けにされて、里帆が馬乗りになる。

自分の上に、褐色の肌の可愛いギャルがいる。

しかも、全裸だ。

形のよいロケットおっぱいが揺れて、ぬれぬれのワレ目が、自分の水着越しのふくらみに当たっている。

「あんっ、すごい硬いっ……あんた、真衣さんや香緒里さんとエッチしてるの？」

「え！　なんでそれを……あっ！」

思わず口をつぐむも遅かった。

里帆はニヤリと笑みをこぼすと、ぷるんとした柔らかそうなピンクグロスの唇をぺろりと舐める。

「やっぱりホントだったんだ。ちょっと香緒里さんと真衣さんが、あんたとエッチしてるって話しているのを聞いちゃったのよね。まさかと思ってたけど、この慣れかたは童貞じゃないわよねえ」

「は？」

今の言葉が本当だとすると、真衣も祐一が香緒里と関係しているのを知っているということだ。

(真衣さんと香緒里さん、どこまで知って……え？)

そんなことを考えていたときだ。

里帆が馬乗りになったまま前傾して、ピンク色の唇を口に押しつけてきた。

「んぷっ……」

甘い吐息と、グロスの甘ったるい味がした。

(キ、キス！　里帆さんと……)

信じられないまま、目をまるくしていると、すっと里帆が唇を離した。

「あんなキレイなママたちとヤッてるなんて、やるじゃん。私が最初に目をつけてたのに、ちょっとムカつくけど……まあいいわ。ねえ、続きをしてよ」

「目をつけてた？　へっ、つ、続きって……」

「だって……もう少しでイキそうだったんだもん。身体がウズウズしてるのっ。ヤルなら、ちゃんとヤッてよ。それとも意識のない女じゃないと、だめだったりする？」

「そ、そんなワケないじゃないですかっ」

「どーかなあ。あっ、もしかして、香緒里さんたちもこういうふうにして、無理やりにヤッたとか？」

愉快そうに言う里帆は、すっかりいつものいじめっ子キャラだ。

しかしだ。

今日は、からかわれっぱなしではない。

なんといっても、里帆を手マンでイカせる寸前まで追いつめたのだ。自信がみなぎっている。

5

「どした？　んふっ……私が起きてるときは、気後れしちゃう？」

その言い草にカチンときた。

「しませんよ。里帆さんこそ、簡単にイッたりしないでくださいね」

「うわあ、言うわねえ」

くりっとしたバンビのような黒目がちの瞳が、わずかに潤んでいる。

挑んでいるのに、どこか期待している。

（よ、ようし……ここらで生意気な口がきけないようにしてやる）

祐一は里帆の両脇に手を入れて、身体を持ちあげる。

（思ったより軽いっ……里帆さんって、ホントに小柄で可愛いなっ）

そのままくるりと体勢を入れかえ、ギャルママをベッドに組み敷いて、おっぱいにむしゃぶりつく。

「やんっ……いきなり、そんなっ……がっつかないでよぉ」

クスクスと笑って、頭を撫でてくる。

そんな余裕をなくしたいと、口の中で乳頭を舌で舐め転がした。

「んっ……やっ……ちょっと……」

舌を使うと、里帆はいきなり甘い声になり、くすぐったそうに身をよじる。

（あれ、母乳が……さっきより少し甘くなってきた）

気のせいかもしれないが、口中に残る母乳の甘さが寝ているときと違う。それにおっぱいの張りもパンパンだ。

あれれ、と思いつつ、チュッ、チュッと吸うと、

「んん……あっ……やばっ……あんた、吸うの上手すぎっ」

里帆が、早くも陶酔したような目を向けてきた。

出の悪くなっていたミルクがまた、少しずつシャワーみたいに出てきて、口の中を満たしていく。

ごくっ、ごくっ……。

喉を鳴らしながら、さらにヂュルルと吸えば、

「あっ……あっ……だめっ……」

と、ギャルママは歓喜の涙で瞳を濡らしていく。

(くううっ、可愛いじゃないかよっ)

もうだめだ。

一刻も待てなくなってきた。

祐一は硬くなった乳首から、ぬぱっと口を離す。

そうして今度は里帆をうつぶせにさせ、腰を引きよせてさらには四つん這いにさせ

る。

「えっ……いきなり、う、後ろからなの？」

肩越しに、里帆が恥ずかしそうな表情を見せる。

「そうですよ。いきますよ」

困った顔をしていた里帆だが、おずおずと背中をそって、尻を後方に突き出してくる。なんだかんだいっても欲しいのだ。

（うほっ、キレイな背中っ……）

なめらかな背中のカーブがなんとも女らしく、それでいてヒップはまるまるとしていて惚れぼれする。

やはりただ細いだけではなくて、男好きする身体だ。

ヒップは灼けていなくて、白い肌の部分がある。

深い尻割れも白くて、その中心部にひめやかなアヌスがあり、可愛いおちょぼ口が開いたり閉じたりしている。

（お尻の穴もピンクだ……）

ギャルママの恥ずかしい部分を覗きこみ、さらには尻たぼのまるみを両手で撫でつけて十分に楽しんでから、尻の下部のスリットに指を這わした。

「ああんっ……」

里帆が恥じらいに震えつつ、甘い声を漏らす。

ぐっしょり濡れて、生々しく獣じみた匂いを発している。

太ももまで濡らすほどの淫らな尻割れの奥に、水着を脱いでイチモツをそそり勃たせた祐一が後ろから迫る。

「ううんっ……ねえ、ねえ……早くぅ」

背後に迫る勃起をちらりと見た里帆が、物欲しそうに尻を振り立てる。

その煽情(せんじょう)的な光景に興奮しながら、バックから四つん這いのお尻をめがけて切っ先をワレ目に押し当てた。

くちゅっ……。

淫らな水音をさせながら、怒張はぬるりと呑みこまれていく。

「あはあんっ……」

望むものを与えられたとばかりに、里帆が歓喜の声を漏らして背をグーンと大きく伸ばす。

「くうううっ」

祐一は反対に歯を食いしばった。

やはり狭い。

信じられないくらいキュウキュウだ。

それでも十分に濡れているから、引っかかる感じはないが、仮性包茎の皮が根元まで剝けそうな圧迫感がある。

(す、すげえ……里帆さんのおま×こ。小さくて、窮屈で……締めつけられなくても出ちゃいそう)

いったん動きを落ち着かせてなじませる。

さすがに三人目ともなれば、少し余裕があって、里帆の胎内の心地よさを十分に感じられる。

四つん這いの里帆が肩越しに顔を見せてきた。

「あんっ……ねえっ……祐一のオチ×チンすごくない？　奥まで……あんっ……いっぱいにされて……祐一のこと以外、考えられなくなっちゃう」

甘えるように言い、媚びた表情をつくる。

(なんだ、なんだ。ふたりっきりだと里帆さんって、こんなことを言うのか？)

いつもは天真爛漫な小悪魔なのに、こうしてふたりきりのときは、イチャイチャをしかけてくるなんて最高だ。

「いいです。じゃあ、僕以外のこと考えないで、感じてくださいっ」

祐一も昂って歯の浮くような台詞を吐き、ゆっくりとバックで突いて腰を動かした。

ぬぱっ、ぬぱっ……。

まるい褐色のヒップから、ガマン汁や愛液でべとべとになった男根が、出たり入ったりするのが見える。

(ぬおお、き、気持ちいいっ……)

里帆の蜜は粘り気がすごいし、何より媚肉がざらざらして、触手みたいな襞がソフトに勃起を包みこんでくる。

(これ、名器ってヤツじゃないか?)

はっきりはわからないが、そんな気がする。襞の数が多くてそれが飛びあがりたいほど心地よいのだ。

祐一は里帆の折れそうな細腰をつかみ、さらにググッと押しこんでいくと、

「あっ、あっ……あっ……だっ、だめっ!」

とたんに里帆が泣き顔を見せてきた。

「えっ?」

狼狽えながら訊くと、里帆が恥ずかしそうにうつむいて口を開く。

「あ、あたしっ……ホントはあんまり経験なくて、こんなに濡れるの初めてで……なんか、身体の奥まで祐一のオチ×チンが届いてる感じがして、こわいっ」

アッシュグレーのショートヘアに、くりくりした大きな目の可愛いギャルママ。

経験豊かそうな彼女が、そんな健気なことを言い出した。

ときめいてしまうではないか。

「す、少し……休みます？」

本当はそんなことしたくない。

だけど、必死で腰をとめる。

里帆は首を横に振った。

「でも……いい。すごくいいから……やば、初めてかも……奥まで入れられると、なんか、もう……どうでもよくなるっていうか……」

可愛い。

本当に可愛い。

「ねえ、祐一……もっとして……私のこと、好きにして……」

潤んだ瞳で見つめられる。

愛しいと思えばスイッチが入る。

祐一はバックで入れたまま、身体を前傾させて肩越しに振り向いている里帆のピンクの唇にむしゃぶりついた。

「ううんっ……ううんっ……」

夢中でベロチューしながら、下垂したおっぱいを揉みしだき、一気に狭い膣を穿っていく。

「あっ！　ああんっ……すごっ……あぁん……はっ、んううんっ」

ディープキスを振りほどき、里帆はヨガり声を放つ。キスもできないほど感じてしまっているらしい。

よし、ここだと、ぬるんと抜いてバック姦をやめる。

「ううんっ……？」

なんで抜くのと不安げな顔をする里帆を今度は仰向けにさせて、大きく両足を開いて正常位で結合した。

「あああ！」

いきなりスブズブと奥まで挿入すると、里帆は驚愕の声をあげる。

ニヤついて顔を眺めると、真っ赤になった里帆が頬をふくらませて、まじまじと見てくる。

「バックで恥ずかしがらせてから、顔を見てするなんて……ううんっ……イ、イジワルね……」

首の後ろに手をかけられ、ギュッとされてキスされた。

「んううんっ……んう……んちゅう……ゆーいち、しゅきぃっ……」

もうメチャクチャにベロチューされて、同時に膣が締めつけてくる。

(う、うわっ……あの里帆さんが……えええ！ こ、こんなに激しくイチャイチャしてくるなんてっ)

こちらも応えるように激しく突いた。

「あはんっ……ゆーいちっ、ゆーいちぃ……」

髪の毛をくしゃくしゃにされて、汗ばんだ肌と肌をこすりつけて、とろけるようにひとつになる。

「り、里帆さんっ……里帆っ」

こちらも夢中で愛おしく呼び捨てにする。

ハアハアと息を荒らげる。甘酸っぱいセックスの匂いが、レジャープールの救護室に充満する。

「ううんっ……しゅきっ……ああんっ、もっと奥まで入れてっ、里帆を犯してっ」

ギュッとしてきて、隙あらば何度もチューされて、もう頭の中は里帆のことだけにされている。

たまらず無我夢中で腰を振る。

里帆を気持ちよくさせたい。

注ぎたい。

自分のものにしたいっ。

それだけを考えて、奥まで突き入れる。

里帆がせつなそうな顔をして、目を向けてきた。

「……ねえっ……だめっ……もう、だめっ……ゆーいちっ……イクッ……」

その言葉を出した瞬間、ギャルママはしがみついてきて、ビクン、ビクンと何度も痙攣した。

母乳がシミ出て、ぬるぬると身体がすべる。

甘いミルクの匂いだ。

心地よい。

「ああ、り、里帆さんっ……僕も……で、出るっ」

膣圧がすさまじい。

もう、もたない。抜いたほうがいいかと朦朧とした意識のなかで考えたときだ。

「だ、出してっ……ゆーいちの精子、ちょうだいっ……」

耳元でかすれ声でささやかれ、頭が沸騰した。

「里帆さんっ……」

鋭く叫んで里帆を抱きしめたときだ。

どくっ、どくっ……と、射精する音が頭の中で木霊するほど、里帆の奥に激しくしぶかせた。

(あああ……き、気持ちいいっ……)

瞬間、全身から魂が抜けた。

ふわあっとした浮遊感を味わいながら、最後の一滴まで注ぎこんだときだ。

ガチャッとドアの開く音がした。

「里帆さんっ……大丈夫?」

シャーッとベッドまわりのカーテンを開けたのは、香緒里だった。

背後に真衣もいる。

ふたりは大きく目を見開いて、里帆と祐一の結合を見つめていた。

第五章　ママたちのミルクハーレム

1

「次は、ひまわり組による親子ボール運びです。ひまわり組のみなさんと、保護者のかたは指定の位置にお集まりください」

スピーカーから、同僚の保育士の声が響く。

十月の保育園の運動会は晴天に恵まれ、朝から順調に競技が進行できていた。

ちなみに「ひまわり組」は年長の五歳児クラスのことだ。

プログラムの順番では、次は二歳児「チューリップ組」の親子競技。

この園の運動会最大の目玉である。

祐一はドキマギしながら、校庭の隅にある二歳児たちの座る応援場所まで行って、ハンディカメラを取り出した。

記録係なのである。

(真衣さんたち……そろそろ着がえが終わったかなあ)

カメラをまわしながら、そわそわする。

気もそぞろに、あちこちを撮影していると、学生服やら、セーラー服を着た、パパママたちが現れた。

(おっ、来たなっ……)

祐一は慌ててズームする。

園内で大きな拍手と笑いが起きる。

チューリップ組の親子競技は、親がコスプレをしながらバトンパスをしていくという、名物「仮装リレー」なのである。

仮装といっても、そこは素人なのでお面をつけたり、やっても昔の学生服を着るくらいだ。

だがそれでも毎年、かなり盛りあがると聞いていた。

案の定だ。

ほかのクラスの保護者たちが、いっせいにスマホを向けて撮影をはじめた。

(あはは、でもお父さんお母さんはまだ若い人も多いから、セーラー服や学生服が似合う人もいるなあ)

楽しんで撮影していたときだ。

カメラの画角に、真衣が入ってきた。

(あ、いたっ。真衣さんに香緒里さん、それに里帆さんっ……う、うわっ)

三人の姿を見て、祐一はカメラを落としそうになった。

クラスで……いや、園内でトップクラスの美人ママ三人が、なんと体操服にブルマといった超絶エロい格好をしている。

祐一だけではなく、園内のパパたちはもう目が釘づけだ。

(これがブ、ブルマか……すげえ、ほとんどパンティとか、ビキニショーツみたいじゃないか。これを普通に学校で穿いてたのかあ……)

二十三歳の祐一は、学生時代にはすでにブルマが廃止されていた。

本物のブルマを穿いている女性を初めて見た。

(ふ、太ももがあんなきわどいところまで……パンティがハミ出しちゃいそうじゃないか……こんなエッチな格好で体育をやってたなんて。当時の学生たちは、みんなこ

れを見てシコッただろうな）

紺色ブルマに、白い体操服。

発育途上の女の子が身につけているなら可愛い。

だが、成熟してムッチリした身体つきの熟女や、女盛りの人妻のナイスバディのブルマ姿は、可愛いなんてものではなくてエロかった。

里帆だけはまだ若いからブルマもありかなと思うのだが、それでも小麦色ギャルのブルマ姿というのもレアなので、同じように興奮してしまう。

（くうう、三人に頼みこんだ価値はあったなあ）

もちろん彼女たちが、自主的にブルマを穿くわけがない。

以前三人が、今日の仮装リレーの話をしている最中に、

「私が学生のときはブルマだった」

と、香緒里が言い出したので、どうしても見たくなって必死に頭を下げたのだ。

ちなみにほかのふたりが穿いてるのも、香緒里のブルマである。

ブルマが三枚もあったとは奇跡的だ。

真衣や里帆にとって、おそらくファースト・ブルマ体験であろう。

（あっ。ぼうっと見てる場合じゃない。カメラっ）

祐一は慌ててカメラをかまえた。

体操服、ありえないほど大きな胸のふくらみ。

わずかな透けブラ。

ブルマからハミ出てる尻肉。

ムチムチの太もも……。

ついつい、あますところなく撮影してしまう。

(やばいな、この動画……これは園にわたす前に自分用に編集しないと……このままわたしたら警察に通報されるよ)

レンズを向けると、香緒里や真衣が恥ずかしそうにチラッとこちらを見てから、すぐに目をそらす。

顔が真っ赤になっている。

(だ、だよね……三人とも、下着姿で父兄の前に出てるようなもんだもんな)

まわりを見れば、パパたちのいやらしい視線は、臆面もなくママ三人のブルマや体操服に注がれていた。

ブルマの上からヒップのまるみを楽しんでいるような、舐めるような目つきだ。

くびれた腰、大きく突き出したバスト、はちきれんばかりのヒップ、上品なすらりとしたふくらはぎ。

（やばい、勃ってきた）

カメラを下ろして、前屈みになる。

どこかでチンポジを直さないと、と思っていたときだ。

「ちょっと祐一、目がエッチ……って、なんでそんなに前屈みなワケ？」

里帆がやってきた。

ショートヘアの可愛いギャルママの、体操服にブルマ姿。

ＡＶみたいなファンタジーエロスを目の前にして、祐一は目のやり場に困る。

「ああ、なるほど。悦んでくれてるってワケね。それにしても三人にこんな格好させるなんて……ホント、あんたってヘンタイよね。あーあ、なんでこんな男をす……」

そこまで話して、里帆はバツがわるそうに口をつぐんだ。

「えっ、今……こんな男を、なんでしたっけ？」

わざと訊く。

すると、里帆は顔を紅潮させて、

「……イジワルっ」

と、恥じらいがちに甘えるようにささやくのだから、こちらも照れてしまう。

（くうう、この前セックスしてからというもの、デレがすさまじいんだよなあ）

あのとき。

レジャープールの救護室で、里帆とイチャラブしながら中出ししている最中を、真衣と香緒里にばっちり見られてしまった。

「祐ちゃんもなかなかやるじゃない。セックスの練習、させすぎちゃった？」

「祐一くんって、あんなに最初はおどおどしてたのに、もうっ……性格的に女の接しかたがうまかったってわけね」

当然ながら呆れられたわけだが、そのために、

「抜け駆けセックスなし」

という三人の協定が結ばれてから一週間、ずっとごぶさたなのだ。

（そんなときに、ブルマ姿なんて……勃起しないほうがおかしいよ）

里帆がニヤニヤしながら、顔を近づけてくる。

「ねえ、あとで……あのふたりに内緒で、しよっ」

耳元でささやかれる。

呆然としていると、里帆は、

「ウフッ」

と笑って、ママたちのところに戻っていく。

(や、やった……)

喜んでいると、年長の親子競技が終わり、いよいよ二歳児の競技になる。

祐一もカメラを向ける。

もちろん、ブルマ姿の美人ママ三人がターゲットだ。

(おおっ)

背後にまわると、三人ともが小さなブルマから、ヒップ下部の悩ましい尻肉を半分ほどハミ出させていた。

(うわわ、エ、エロ……)

見ていると、真衣が香緒里に何やら耳打ちした。

香緒里はハッとした表情になり、顔を赤らめて、慌てて紺色のブルマの中に指を入れて、ヒップの食いこみを直している。

(おばさんのお尻がいちばん大きいもんなあ……学生時代に穿いていたブルマなんかじゃ、あのデカ尻が収まるわけないよ)

だが、その耳打ちした真衣のヒップを見れば、今度はブルマのラインに沿って、薄ピンクの布地がちらりとハミ出てしまっていた。

ドキッとして、カメラをズームにする。

わずかにフリルっぽいものがブルマからハミ出ていた。

(パ、パンティだっ。ま、真衣さん、ブルマのお尻から、ハミパンしてるっ)

今度は里帆にそれを指摘されたらしく、真衣も赤面して、パンティをブルマに中に指で押しこんでいた。

たまらない。

興奮しながら、カメラを向けていると、三人にじろりと睨まれた。

慌ててほかの保護者や子どもたちに、カメラを向ける。

(いや、だめだ。ちゃんと記録しないと……)

と思いつつも、走っている真衣の体操服の胸の揺れや、香緒里のブルマのヒップが、ムニュムニュと左右に揺れる様や、里帆のピンク色の透けブラなどを、ついついチェックしてしまうのだった。

2

二歳児のリレーが終わった直後。

里帆が祐一の手を引き、保育園の建物の裏に連れていく。

物置があり、さらにその陰まで連れこまれた。

「ああんっ……祐一が、こんな恥ずかしいものを穿かせるから……私、胸が……」

ブルマを穿いた下腹部をもじもじとさせつつ、里帆はそそくさと体操服をまくりあげて、大きなブラカップをズリ下げる。

内側にベージュのスポンジようなものが見えた。

おそらく母乳パッドなのだろう。その中心部にシミがある。

つまり……。

(うは……いきなりおっぱいを出すから何かと思ったら……こういうこと)

薄ピンクの乳首から、白いミルクがじんわりとにじんでいた。

「……やっぱり……走っているときに乳腺が張ってきたから……母乳が出てくると思ったのよね」

里帆は前屈みになった。

ぽたっと白い液体が地面に落ちる。

「母乳が出てきたってことは、里帆さん……見られて興奮したってことですね」

「……知らないわっ……ねえっ……早く……」

里帆が美貌を赤く染めて、祐一に訴える。

祐一は、すぐさま里帆の足下にしゃがみこんで、上を向き、牛のお乳のように下垂した巨乳の先に吸いつき、ちゅぱちゅぱ吸う。

(ああ、一週間ぶりの母乳だ……あれれ？　走って熱くなったのかな。ミルクが生ぬるいや。汗をかいてるから、ちょっと塩気も強い。ああ、でも甘さが引き立って、おいしい……運動したあとにはちょうどいい味かも)

うっとりしつつ、左右交互に吸っていると、

「あっ……あっ……はあんっ……」

里帆は早くもうわずった声を漏らし、恥ずかしそうに口元を手で隠す。

奥ゆかしい仕草だが、一方でムッチリした太ももをもじもじさせているのが、なんともエッチだ。

「アレが欲しくなってるんですね、里帆さんっ」

吸いながら言うと、ショートヘアのギャルママが泣きそうな顔で、小さく頷く。

「白状するわ……そうよ……だっ、だって……こんなもの穿かせるから……祐一だけじゃなくて、ほかのお父さんたちもすごくエッチな目で見てきて……ああんっ……」

里帆が思い出したように言う。

やはりだ。

やはり恥ずかしい格好にされて、興奮してミルクが出てきたのだ。

(里帆さんも、素直になったよな……)

吸いながら舌で乳首をいじる。

「んっ……あはんっ……やンッ……エッチな吸いかた……」

里帆の身体がビクッと震える。

乳頭部が硬くなり、母乳の出がよくなる。

細いシャワーのように、しゅわわわわと噴出する里帆の母乳を飲んでいると、ブルマ姿の香緒里と真衣も姿を見せた。

「祐ちゃん、里帆ちゃん……こんなところにいたのね」

「あんッ……ずるいわ、里帆さん。私たちだって、おっぱいが張ってるのに……」

そう言うと、ふたりとも「早く」とばかりに同じように体操服をまくりあげて、ブラカップをズリ下げる。

(ぬおおおおっ)

大きな山が六つになった。

少し垂れ気味ではあるが、とろけるように柔らかく、熟れた乳房と熟女らしいくすんだ乳首の香緒里。

ツンと上向いた美乳で、あずき色の乳首の真衣。

ふたりとも乳頭部から、じわあっとミルクをにじませていて、お互いがミルクのあふれる乳房を見て恥じらう。

「あん、真衣さんの乳首……ピンピンに勃ってる……里帆さんと同じように、視線で感じちゃったのね」

「香緒里さんだって、おっぱいに静脈が透けてるくらい張ってるし……あん、もうだめっ……ガマンできないっ」

真衣はそう訴えると、香緒里を物置に押しつけ、まるでレイプするように彼女の乳首に無理やりに吸いついた。

「キャッ！　真衣さんっ……な、何するのっ……あん、だめっ……そんなっ……ああんっ……」

香緒里がイヤイヤと首を振りながらも、ブルマを穿いた腰を震わせる。

（なっ、なっ……す、すげえ！）

ふたりのからみに見とれてしまった。

清楚な美人の奥さんが、上品でキレイな熟女ママを強引に押さえつけて、おっぱいにむしゃぶりついて、おいしそうにミルクを吸っているのだ。

しかも、ふたりとも体操服にブルマである。

なんという刺激的な光景だろう。

「真衣さんっ……やめてっ……は、恥ずかしいっ……ああんっ、ママ友におっぱいを吸われるなんてっ」

「だって……香緒里さん、ミルクがピュピュって……吸い出してあげないと……つらいでしょう？」

そう言うと、真衣はさらに力強く、香緒里のおっぱいを吸いはじめる。

おっぱいの先が引きのばされるくらいの激しさだ。

（すげえ、女どうしってエッチすぎ……美人ママのふたりのからみなんて……）

横目で見ていた祐一は、激しく勃起した。

ふたりのレズ母乳吸いが、次第にもっと熱を帯びてくる。

「あんっ、真衣さんっ……だめぇ……ああんっ、ハア……ハア……」

いやがっていた香緒里の顔が上気してくる。

「ウフフ。香緒里さんのおっぱいっておいしいっ……私の母乳よりも甘くて……あらあら……あたしの吸いかたで感じちゃったんですね。女どうしなのに……」

真衣がウフフといやらしく笑う。

「あんっ……だって、真衣さんの吸いかた、いやらしいの……あ、あんっ、そ、そこはだめよっ！」

香緒里がイヤイヤをした。

見れば真衣が右手の指が、香緒里のブルマの中心部を、すりすりとこすりはじめたのだ。

母乳を吸いながらの手マンである。

「あっ！　ああんっ……ま、真衣さんっ……」

女性に手マンされることをいやがっていた香緒里だが、しつこくブルマの上からスリットを愛撫されていると、いよいよタレがちな目をとろけさせる。

(やっぱり女どうしって、感じる部分がわかるんだろうな)

祐一がちらちら見る。

香緒里のワレ目が、ブルマに浮かんできた。

真衣もとろけ顔だ。

「あんっ……香緒里さん……今度は私も……」

そう言って、真衣が香緒里のおっぱいから口を離す。

今度は攻守入れかえるように、香緒里が真衣のおっぱいに舌を這わして、チュッとミルクを吸いあげる。

真衣がビクンとして、背をのけぞらせる。

「あっ、やんっ！　か、香緒里さんだって、エッチな舐めかたっ……」

「んふっ……だってぇ……私をいじめたお返しよ。いっぱい飲んであげるわね、真衣さんのミルク。すごく甘いのね……おいしいわ」

ふたりは交互におっぱいを吸い、ブルマの上から手マンをしあっている。

（やばいな。レズプレイって、こんなにいやらしいのか……ん？）

祐一は里帆を見た。

おっぱいを吸っていた里帆の身体が、じれったそうに揺れている。

「里帆さん？」

見あげると、ぼんやりうつろな目をした里帆がいた。

ハアハアと息を荒らげ、身体を熱くしている。

どうしたのだろうと、今度は里帆の股間を見ると、紺色のブルマの中心部にシミが浮き立っていた。

（え？　ええ……）

驚いた。

愛液がブルマまでシミ出してきているのだ。

「り、里帆さん……ブルマ、濡れてっ……」

そう言うと、里帆はハッとしてから、慌てて自らブルマを下ろす。

まるまったブルマとパンティの間に、愛液の糸が何本も垂れていた。

（なっ！　パンティがもうぐっしょり……汗じゃないよな、これ……）

3

里帆は可愛らしいアイドル顔をくしゃくしゃの泣き顔にさせ、せつなそうにパンティを下ろし、両手を物置の壁についた。

「香緒里さんと真衣さんのレズエッチを見てたら、ああんっ……私もおかしくなってきちゃった。ねえ、祐一っ……早くちょうだいっ……時間がないから」

ナマ尻が突き出される。

物欲しそうに、くなくなっと尻が揺れている。

尻奥下部のピンクの狭間は、ものすごい濡れようで、このまま運動会に戻って大丈夫かと思うほどに大洪水である。
匂いもすごい。
かなり強烈だ。
だが、それがいい。
オスの本能をかき立てられる。
もういてもたってもいられなくなってきた。
ズボンとパンツを下ろし、里帆の折れそうな細腰をつかむ。
立ちバックの姿勢で、
「い、いきますよ……」
里帆の背後から一気に濡れた溝を貫いた。
ぬぷぷぷっ……。
強烈な音を立てて、勃起が里帆のヒップ下部に潜りこんでいく。
「ああんっ、ふ、深いっ」
里帆が大きくのけぞる。
(うはっ……里帆さんの中、もうとろっとろだ……あったけえ)
媚肉がチ×ポにからみついてくる。

走ったばかりだから身体も温かいし、汗ばんだ匂いも、蒸れたおま×この匂いも何もかも最高だ。

「あん、祐一くんっ……さっきからずっとずるいっ、里帆さんばっかり……」

いつの間にか、真衣と香緒里が横に来ていた。

「吸ってよっ……ねえっ」

真衣がおっぱいを顔に押しつけてくる。

可愛いギャルママをバックで犯しながら、横にいる清楚妻の乳首に吸いつき、甘酸っぱいミルクを吸う。

こちらも汗の混じった塩っぽい味だった。

「あんっ……いいわっ……すごいっ」

物置に手をついた、里帆が泣き叫ぶ。

「ああん、祐一くんっ……いいわっ、もっと吸って！」

おっぱいを吸われている真衣も、歓喜の声をあげる。

（こ、こんなに声出して……大丈夫かな……もし誰か来ちゃったら……うっ！）

驚いて、危うく里帆の乳首に歯を立てそうになる。

右側から、熟女ママの香緒里が祐一の体操服をまくって、乳首をねろねろと舌でいたぶってきたのだ。

（あああ……こ、こんなの……）

ギャルママをバックから犯しながら、清楚ママの母乳を吸い、熟女ママから乳首責めされている。

たまらなかった。

真衣を何度もバックから突くと、すぐに尿道が熱くなって、欲望が肉棒を駆けあがっていく。

パーン、というスタート時のピストルの音がした。

と同時に、里帆の中に激しくしぶかせてしまう。

「ああんっ、い、いっぱいっ……熱いわ、祐一のが……」

里帆が褐色のヒップをぷるぷると震わせる。

イッたのだろう。

肩越しにこちらを見る表情は恍惚(こうこつ)としている。

祐一も頭が真っ白になり、ふらついた。

イチモツを抜く。

かなり萎えていた。

だが、母乳を吸っていれば、それがまるで栄養ドリンクのように、すぐにムクムクと半勃ちになり、さらにまた硬くなってくる。

「あら、やっぱり若いわねえ、祐ちゃん」

香緒里が、うれしそうに目を細める。

「いや、その……おばさんや里帆さんや、真衣さんのブルマ姿を見てたら、すぐにこういうふうになっちゃうんだ」

祐一は真衣の母乳を吸うのをやめて、照れて笑う。

すると、真衣がクリッとした目をつりあげて、

「なあに言っちゃってるのよ。自分から私たち三人にブルマを穿かせたくせに……祐一くんって、ホントにエッチなんだから……」

そう言いつつ、真衣が勃起を手でつかんでシコッてきた。

「ひゃっ！」

立ったまま、ぶるぶると震える。

里帆が口を挟んできた。

「ああん、ホントは祐一とふたりっきりのつもりだったのに……香緒里さんが言ったとおりなのね、子どもの頃から優柔不断だったって……選べないんでしょ？」

三人がこっちを見た。

「だ、だって……三人ともが魅力的で……」

頭をかく。

怒られるかなと思っていたが、三人はそれぞれが顔を見合わせてから、祐一を見て妖艶に微笑む。

「まったくもう……人妻って、そういう言葉に弱いのよね」

真衣が言う。

「あら、真衣さんは母乳がとまったようね。じゃあ、今度は私でいい？」

香緒里がねっとりと甘えるように言う。

「ええ？　私も祐一くんのオチ×チン、中に欲しいと思ってたんですよ」

真衣もおねだりしてくる。

「でも、もう時間ないわねえ……続きは今夜でも、祐ちゃんの部屋でたっぷり楽しまない？」

香緒里が提案する。

「賛成かも。もっといろんな体位で犯されたいわ、祐一くんに……」

真衣が流し目をする。

（ふ、ふたりとも……欲望を隠さなくなったよな……）

毎日、いいお母さんの顔を見せていたのが、ウソのようだ。

「でも、祐ちゃんのこれ……どうしましょうか」

香緒里が、困ったわねえ、と首をかしげる。

「確かにこのまま運動会に戻したら、ほかのママにへんな目で見られますね」

真衣が香緒里に向かって言う。

「そしたら、ねえ……真衣さんと香緒里さん……」

里帆がふたりを手招きして、こそこそと耳打ちする。

（な、なんだろ？）

すぐに香緒里と真衣は、こっちを向いて妖艶な笑みを見せる。

「えっ……なっ、何……？」

ふたりが迫ってくる。

追いつめられて、物置の壁を背にする。

すると、里帆と香緒里がミルクでヌルヌルの乳房を自分たちで持ちあげて、中腰になって勃起に近づけてきた。

「ぬわわわ！」

思わず声が出た。

左からは真衣の張りのある美乳が。

右からは香緒里の柔らかい熟女おっぱいが、チ×ポを挟みこんでいる。

ダブルミルクパイズリ。

眼下に四つの肉房があり、もう先端がぎりぎり見えるくらい、おっぱいに埋められている。

ふたりの乳首どうしはこすれて、わずかに色の違う母乳が混ざり合い、祐一の下腹部どころか、下ろしたズボンやパンツまで母乳まみれにしていく。

「あら、ズボンも濡れちゃったわね」

「どうせ換えがあるでしょ。ねえ、祐ちゃん……どうかしら。気持ちいい？」

「は、はひっ……」

ちゃんと答えられないのは、あまりの刺激だったからだ。

たゆんたゆんと揺れるおっぱいの弾力と柔らかさも素晴らしいし、それがミルクでぬるぬる滑るのもいやらしい。

だが、それよりもだ。

ブルマを穿いた美人ママふたりが足下にしゃがみ、ふたりしておっぱいで男に奉仕している光景がたまらない。

もう自分はこのママたちを虜にしているのだ。

そんな征服欲と優越感で、頭がピンクに染まっていく。

「あらあら、気持ちよさそうね。ブルマなんか穿かせるヘンタイの祐ちゃんに、お仕置きのつもりだったのに」

「香緒里さん、こんなのじゃだめですよ。今夜は私たちで、うんと搾り取ってあげましょうよ。これはその前哨戦ね」

真衣と香緒里がウフフといいながら、おっぱいを揺すってきた。

「んふっ……熱いわ、それに硬くて……ううんっ……ううん……昔から、おばさんのおっぱいばっかり見てたもんね……ああ、立派に育つなんて……」

香緒里に恥ずかしい昔のことを言われて、祐一は照れる。

真衣も上目遣いに見つめてきた。

「んううんっ……んううん……やだっ……またビクビクッとして、オツユが先っぽから出てきてぬるぬるしてきたわ。あんっ、だめ……このオチ×チンに奥まで入れられると、おかしくなっちゃうのよね」

真衣はハアハアと荒い息をしながら、ミルクの出っぱなしの乳首で、さらに激しくイチモツの表皮をこすってきた。

「んふっ……祐一って……何回出しても小さくならないんだから……今夜は寝かさないから、いっぱい楽しませてもらうわね」

里帆がキスしてくる。

「んふっ……んん……」

舌をからめるエッチなベロチューにダブルパイズリ。

ミルクまみれになりながら、もう辛抱できないと思った瞬間だ。

またバーンとピストルの音がして、歓声があがる。

それが合図だったように、祐一も続けて二度目の射精をしてしまうのだった。

4

十月も終わりを迎え、朝晩、少し肌寒くなってきていた。

（ん……？）

毛布をかぶっていた祐一は、まどろみから覚めて、隣に小麦色の背中があるのに気がついた。

（そうだ……昨日は、里帆さんが泊まりに来て……）

里帆はたまに子どもを実家に預けているので、そのときを狙って祐一のアパートに来てくれて、夕食をつくってくれるのだ。

（意外と家庭的なんだよな、里帆さんって……）

銀色ぽいアッシュグレーのショートヘア。

小麦色の肌に、ピアスにネイルなど派手なギャルママ。

大きくてぱっちりした目がアイドルのように可愛い。

そんな女子高校生と間違えられる童顔だが、Ｆカップのナイスバディ。

しかもだ。

子どものしつけも家事もしっかりしているのだから、見た目で判断してはいけないと思う。

（しかし、可愛いよな……生意気で高飛車なギャルなのに、ふたりきりだとイチャイチャしてくるんだもんな）

部屋の中が、甘い女の匂いでいっぱいだった。

（あったかい……里帆さんのぬくもりが……至福だ）

腰が痛かった。

しかも朝勃ちしている肉竿は、昨晩、摩擦しまくったから少しひりひりするし、乾いた愛液やら精液がこびりつき、かぴかぴになっている。

(気持ちよかったなあ……昨日はふたりっきりだったから、お互いが心を通い合わせて、エッチしまくって、ああ、こうして可愛い女の子を抱いたまま起きるって、男の夢だよなあ)

思わずニヤニヤしてしまう。

ついこの前まで童貞だったのに、今はこうしてモテ男みたいな生活ができているのだから、世の中わからないものである。

「ん?」

里帆が目をこすって、布団の中で伸びをする。

すると大きなおっぱいが、たゆんと揺れる。それに気づいた里帆はハッとして、腕で胸を隠して、じろっと睨んできた。

「い、いや……今さらじゃないですか。昨日あんなに何度もエッチしたのに」

「違うのよねえ、好きな男の子に無防備な裸を見られるのが、いやなだけ」

里帆があっさり言う。

「へ? い、今、僕のこと好きって」

「好きじゃなきゃ、あんなことするわけないじゃないの。おっぱいだって、吸わせないわよ。今は私のミルク、祐一だけのものなんだから」

そう言って、里帆は裸のまま毛布を肩にかけて起きあがり、祐一の唇に軽くキスをした。

「僕だけのもの？」

訊くと、里帆はちょっとせつなそうな顔をした。

「……うん。もうね、拓也があんまりおっぱい飲まなくなってきたのよ。そろそろ、卒乳ってところかしら。おっぱいをいやがるの、ウチの子。かなり早いみたいね」

「あ、だから……僕だけってことか……」

「そうよ。もうすぐ母乳も出なくなるだろうけどね。だから、私のおっぱい、今は祐一専用なのよ。ウフッ……私の大きな赤ちゃん」

頭を撫でられた。

そうか、もう母乳が出なくなるのかあと思うと、寂しい気がする。

「赤ちゃんだから、おなかすいたよ」

祐一は勢いよく里帆に覆いかぶさり、バストトップを頬張る。

「あっ、ちょっと……あんっ！」

いきなりおっぱいを吸われて、里帆はうわずった声を漏らす。

吸っているとすぐに乳頭部がカチカチになってきた。

ほんのりと甘い味がする。

ミルクが、じわあっとあふれてきたのだ。

「やあん、こんな朝から……」

恥ずかしそうにするも、祐一にじゅるるると吸われると、

「あっ……あっ……はあんっ、ゆ、ゆーいちぃ……すきっ」

と、朝から目にハートマークが浮かびそうなほどのとろけた表情で、イチャイチャと抱きしめてくる。

「里帆さんっ……んっ……」

あっという間に口の中が、甘ったるいミルクで満たされて、それをごくごくと嚥下する。

「里帆さんの朝ミルク、おいしいっ」

「やんっ……もう……」

ギャルママは恥ずかしそうに顔を火照らせるも、色っぽく太ももをよじらせている。

見ればパンティも穿いていない。

里帆も、祐一と同じように裸で寝てしまったらしい。

「うふっ……朝から元気ね。好きにしていいよ、里帆のこと……昨日みたいに、里帆を縛って犯しちゃう？　ん？」

イタズラっぽい笑みを見せられて、鼓動が激しくなる。

昨晩は、ずっとやりたいと思っていた緊縛プレイにオーケーをもらったのだ。

肌に痕のつかないSM用のロープを里帆のおっぱいの上下に這わせて、後ろ手に縛り、抵抗できなくしてからミルクを吸いまくった。

思い出すだけで、身体が熱くなってくる。

「あんっ、こらあ……里帆を縛ったこと思い出したのね。うふっ」

勃起がさらに硬くなったのを感じたのだろう。

里帆が右手で、いやらしくイチモツをこすってくる。

「り、里帆さんっ」

朝からもうとまらなかった。

今日は保育園が休みだから、一日中、里帆とヤリまくるつもりだ。

両足を開かせて、ギンギンの怒張を、とろとろの愛液が漏れ出すスリットに押しつけていく。

「うふっ、けだものー」

ギャルママがクリッとした目を向けてくる。

（くううう、かわええ）

息があがる。

生意気で高飛車で、からかってばかりの小悪魔で……だけど……。

愛おしかった。

「そうだよ、けだものだよ……里帆さん、けだものだから、朝からめちゃくちゃ犯すからね」

勢いをつけて、狭い膣道を一気に奥まで貫いた。

「ああああああ！」

里帆がのけぞり、びくんっ、びくんと痙攣する。

「ちょっ……そんなに、いきなり奥までって……は、反則……」

はっ、はっ、はっ……と、里帆が息を荒らげつつ、とろんとした瞳で見つめている。

「り、里帆さん、もしかしてイッたの？」

里帆は真っ赤になって小さく頷いた。

「……イッ、イッたわよっ……思いっきり……だって、ガチガチのチ×ポで、私のおま×この奥までブスリって……身体がミチミチって悲鳴あげて……オチ×チンすごい硬くて、入れられた瞬間、頭、真っ白になっちゃって……」

キュートな顔が、恥じらいで歪んでいる。

意外なことに、こんな派手な容姿のくせに経験があんまりないというから驚いてしまう。

「じゃあ、もっとイッて」

祐一は意地悪く言うと、すぐに全力ピストンで突きまくった。

「あ、ま、待って……あたし、もうイッてるの！　ねえ、イッてるってばあ……き、キツ……あっ……あっ……あっ……ああん」

ぬぶっ、ぬぶぶ……。

音が響くくらい深く埋めて、ぐいぐいと押しこむと、

「あっ……いや……し、子宮……つぶれるぅ……はあああんっ」

里帆は瞼を半分落として、ヨダレを垂らして身悶えする。

「すごい感じてるねっ……可愛いっ……」

煽りながら、さらに何度も、ぐぽっ、ぐぽっと里帆の奥をえぐる。

「あっ！　うぁ……はあああんっ……お、奥、ぐりぐりしないでっ……あっ……あうう

んっ」

またミルクが、乳頭からあふれてくる。

（チ×ポで突いたら、母乳が出てくるのか……）

左右のおっぱいに交互にむしゃぶりつき、搾り立てのフレッシュな朝ミルクをたっぷり味わいつつ、さらにストロークを強めていく。

「ひ、ひゃあああ……やぁ……ん、あっ……あっ……らめぇ……里帆のおま×こ、ひろがっちゃうよぉ……ひゃあああんっ……」

また、里帆の身体が痙攣する。

それでも、さらに、ぬぷっ、ぬぷっ……と腰を振れば、あとからあとから新鮮な蜜があふれてきて、媚肉がからみついてくる。

「おおおっ……チ×ポ、とろけそ……すごい締めつけ、くうっ」

おかしくなりそうだ。

祐一は母乳を含んだ口で、里帆にキスをする。

「んんん！」

里帆が大きく目を見開いた。

自分のおっぱいから出たミルクを、口中に流しこまれたのだ。

「んあっ……やはああんっ……私に、自分のおっぱい飲ませるなんて……やはああんっ……エッチ……」

背徳の行為に興奮したのか、ゾクゾクしながらも首に腕をまわしてきて、激しいベロチューをしかけてくる。

ちゅっ、ちぽっ……ちゅぱっ……。

抱きしめ、とろけるような激しいディープキスをして、口中を母乳で白くさせながら、里帆をたっぷり味わいつくす。

(さ、最高……朝から頭、おかしくなりそ……)

ハアハアと息を荒らげつつ、唾液や呼気をたっぷりと交換しながら、子宮口をぐりんぐりんと亀頭部で摩擦し、同時に乳頭部を吸う。

「あはんっ……はあ、はあ……あっ、だ、だめっ……イクッ……里帆、イッちゃうよおお」

身体が熱くなってくる。

根元の締めつけも強くなってくる。

こっちもだめだ。

おっぱいも吸っていられないほど昂ってきた。

「くうう、ぼ、僕も……はぁ……で、出るよっ……出すよっ」

「う、うんっ……いっ、いっしょに……」

見つめ合う。

イキそうな、ギャルママのアイドル顔がなんとも可愛い。

「だ、だめだっ……出るっ」

鈴口が熱くなり、いきなり里帆の子宮に向けて、おびただしい量の精液を放っていく。

「はわわわ……ああんっ……あ、熱いっ……すごっ……いっぱい」

里帆の身体が、びくっ、びくっと大きく痙攣した。

「ふわわ、里帆のエロま×こ……ち、チ×ポに吸いついてきて……精子、ぜんぶ搾り取られそ……」

激しい射精で頭がぼうっとなる。

ぐったりしていた里帆が、うっとりした表情で目を向ける。

「そういうこと言うな、ばかぁっ……」

照れ隠しか、里帆がキスしてくる。

抱きしめていると、また肉竿がムクムクと大きくなってくるのを感じた。

（やべっ……続けて二回目ができそう……はうっ！）

そのときだった。

勃起しかけたイチモツが、温かくぬらりとしたものに包まれて、祐一はびくっとなった。

（な、なんだ？）

一瞬、里帆のフェラチオかと思ったが、里帆の顔はすぐ横にある。

「へ？　の、のわあっ！」

驚いて、パニックになった。

見ると毛布から、テニスのスコートを穿いた女の脚と、セーラー服のプリーツスカートから出た女の脚が四本、見えたからだ。

「な、何？　誰？」

慌てて毛布をめくる。

すると、白いテニスルックの香緒里と、紺のセーラー服姿の真衣が、四つん這いになって、祐一のイチモツを舐めていたので卒倒した。

「お、おばさん！　それに真衣さんっ……い、いつの間に？」

ふたりが舐めるのをやめて、睨んできた。

「ずるいわ、抜け駆けなんて……里帆ちゃんっ！」

香緒里が言うと、里帆が「えへへへ」と頭をかく。

「だーって、ガマンできなくなったんだもん。あたしはふたりと違って、れっきとしたシングルなんだから、いいでしょ？」

「よくないわ。祐一くんのオチ×チンは平等って決めたでしょ」

真衣も口元のヨダレを拭って応戦する。

「そ、それより、ふたりのその格好……」

祐一が尋ねると、ふたりは照れたように顔を赤くする。

「忘れたの？　今日はハロウィンパーティだって……でも時間まで待てないから、早めに来たら、ちょうど香緒里さんもいて……香緒里さんはここの鍵を持っているし」

真衣が言う。

忘れていた。

万が一のときのために、近所の香緒里にスペアキーを持っていてもらったのだ。

「ええぇ？　じゃあ、ふたりとも抜け駆けしようとしてたんじゃないですか」

里帆が言うと、ふたりともがバツが悪そうな顔をした。

「あ、あれ……おばさん……胸っ……」

見ると、香緒里の白いポロシャツの両胸が濡れて透け、乳首がくっきりと浮き立っている。

「あん……だって、祐ちゃん……おっぱい好きなんだから、ノーブラよ……でも……あんっ、もうミルクが垂れてきちゃうなんて」

じわあっとシミがひろがっていく。

香緒里は慌ててテニスウェアをまくりあげる。

くすんだ色の乳首から、白い母乳がたらりとこぼれている。

「ああんっ、私も……」

真衣もセーラー服をまくりあげる。

こちらもノーブラ。

あずき色の乳首から、白い液体がじわりと浮き出ていた。

「ねえん、早く吸って、祐ちゃんっ」

「祐一くんっ……私のが、先……」

香緒里と真衣が押し倒してきた。

「あん、あたしも……」

里帆もミルクまみれの乳房で、チ×ポを挟んでくる。

「おおおおお！　ま、待って……三人とも……ちょっと……くううう！」

三人のママに同時に襲われた。

一気にイチモツが硬くなる。

（里帆さんとしっぽりと思っていたのに……けっきょく選べないよなあ……）

やれやれと思いつつ、祐一は代わるがわるおっぱいを吸っていく。

もうすぐ三人の子どもが三歳になる。

真衣も香緒里も、おそらく卒乳が近いだろう。

今だけの貴重な母乳をしっかりと味わいつつ、ママたちのミルクハーレムに、祐一は今日も溺れていくのだった。

◉新人作品**大募集**◉

マドンナメイト編集部では、意欲あふれる新人作品を常時募集しております。採用された作品は、本人通知のうえ当文庫より出版されることになります。

【応募要項】未発表作品に限る。四〇〇字詰原稿用紙換算で三〇〇枚以上四〇〇枚以内。必ず梗概をお書き添えのうえ、名前・住所・電話番号を明記してお送り下さい。なお、採否にかかわらず原稿は返却いたしません。また、電話でのお問い合せはご遠慮下さい。

【送 付 先】〒一〇一-八四〇五 東京都千代田区神田三崎町二-一八-一一 マドンナ社編集部 新人作品募集係

母乳まみれ 濃厚ミルクハーレム

ぼにゅうまみれ のうこうみるくはーれむ

二〇二二年十一月十日 初版発行

著者◉阿里佐 薫【ありさ・かおる】

発行◉マドンナ社
発売◉二見書房
東京都千代田区神田三崎町二-一八-一一
電話 〇三-三五一五-二三一一（代表）
郵便振替 〇〇一七〇-四-二六三九

印刷◉株式会社堀内印刷所 製本◉株式会社村上製本所 落丁・乱丁本はお取替えいたします。定価は、カバーに表示してあります。

ISBN978-4-576-22156-4 ◉ Printed in Japan ◉ ©K.arisa 2022

Madonna Mate